당신의 아주 먼 섬

당신의 아주 먼 섬

정미경
장편소설

문학동네

|차례|

당신의 아주 먼 섬 _7

발문 | 김병종(화가)
정미경, 서늘한 매혹 _213

*

　세시.

　흘러가는 건 시간일까. 아니면 살아 있는 것들이 그물처럼 얽혀 있는 시간의 눈금 위를 걸어가는 건가. 노려보고 있는 사이 직각을 이루었던 바늘 각도가 조금씩 좁아진다. 투명한 듯 흐물거리는 덩어리가 성긴 그물코 사이로 느리게 흘러내린다.

　저게 나야.

　장소가 바뀌면 잠이 들지도 모른다는 기대는 하지 않았다. 올빼미도 잠들게 해준다는 병원에서 받아온 약을 두 봉이나 털어넣어도 올빼미처럼 말똥말똥한 눈꺼풀조차 풀리지 않았지. 엄마는 불면증 처방받으러 갔으면 얌전히 처방이나 받아 나오지, 왜 쓸데없는 얘기는 쏟아내나 몰라. 얘가 고등학교 들어가면서 이상한 친구들과, 라니. 정말 낯뜨거워서. 의사 선생님도 그딴 얘기 듣고 있으려고 죽자고 공부한 건 아닐 텐데. 바쁜 엄마 끌고 병원을 전전하는 게 미안해서 엄마에겐 진심으로 사과를 했다.

아, 진짜. 미치지 말아야지. 미치는 건 정말 돈이 많이 들어, 응?

처방전을 받아드는 엄마 옆에서 나지막이 말했는데도 진료를 기다리고 있던 대기실의 사람들이 모두 쳐다보았지. 엄마가 살짝 이성을 잃은 건 그때인 것 같다. 딸이 미쳤다는 것보다는 미친 애의 엄마인 게 더 힘든 모양이다. 그래도 그렇지. 어디쯤인지 도무지 짐작도 할 수 없는, 이런 바다 한가운데 내던져버리다니.

머릿속은 행군 듯 말개졌다. 목이 말랐다. 문을 살며시 열고 나와보니 식탁 등이 켜져 있다. 낯선 곳에 던져진 사람에 대한 배려심인가. 냉장고 문을 열자 생수병이 보이긴 했지만 그 아래칸에 조르르 서 있는 맥주 캔이 눈을 끌었다. 하나씩 집어내 티셔츠 앞자락에 싸안고는 방으로 들어왔다. 베개 옆에 줄을 세워놓고 보니 브랜드가 다 다르다. 카스와 아사히에다 처음 보는 수입 맥주까지. 이 아저씨도 외로운가. 근데 손님 접대 방식이 마음에 드네. 별로 말이 없는 건 더 마음에 들고. 자신의 성생활에 대해서는 털어놓지 않으면서 남의 사생활은 당연한 듯 캐묻는 상담실, 거기 있는 밥맛들과 달리 아저씨는 오는 내내 아무것도 묻지 않았다. 생긴 거와는 달리 섬세한 구석이 있는 사람이야. 적어도 상담실 사람들처럼 날 다른 사람으로 만들어보겠다는 빗나간 각오는 없어 보였다. 첫인상은 그랬다. 아직 사람으로 완전히 바뀌지 않은 고릴라. 뺨과 턱은 물론이고 손등을 소복이 덮은 복슬복슬한 털을 보고 있자니 검은 뿔테 안경만 아니라면 바나나를 하나 건네주고 싶을 지경이었다.

캔 하나를 단숨에 들이켜고 빈 캔을 내려놓자 비로소 몸이 바닥에 닿는 느낌이다. 내가 오늘은 정말 술 안 마시려 했는데. 세 개째를 비우고 나자 몸안에서 무언가 찰랑이는 느낌이 들고 웃음이 혜실 나왔다. 마지막 캔을 따서 홀짝거리며 나란히 서 있는 빈 캔들을 바라보자니 그런 마음이 되었다. 여기가 어디든 무슨 상관이야. 어쩌면 잠이 올 것 같기도 해 홑이불을 뒤집어썼다. 취기가 불러온 착각이었다. 잠은 긴 꼬리 혜성처럼 기약 없이 멀어졌다. 새삼스러울 건 없다. 깜박 잠들었다가도 소스라쳐 깨면 머릿속이 만년빙처럼 투명해지는 날들의 연속이었다.

그랬다. 여기가 어디든 잘 수가 없다.

후드 티를 입고 밖으로 나왔다. 소리나지 않게 조심해서 현관문을 닫고 나섰다. 모퉁이를 돌아서니 짧은 처마 끝에 백열등이 하나 매달려 있었지만 촉수가 낮은지 부옇게 산란하는 빛은 제 발치도 겨우 비추었다. 흐릿한 원에서 한 걸음 비껴나 벽에 등을 기대고 섰다. 드러난 맨발을 내려다보며 호주머니에서 담배를 꺼내 물고 라이터를 켰다. 드러난 맨발이 푸릇하다. 얼룩덜룩하니 절반도 못 남은 흰색 에나멜이 추워 보인다. 바닷가라 기온이 낮은가. 더 남쪽인데. 그 생각만 하려 했다. 하얗게 빛을 되쏘며 달려드는 아스팔트가 눈꺼풀 속을 덮치지 못하도록. 물론 가능하지 않다는 걸 알면서도. 굵은 물 알갱이가 젖은 빨래처럼 얼굴에 들러붙는다. 바다는 보이지 않고 파도 소리는 가까운 곳에서 들려왔다. 담배 연기는 멀리 가지 못하고 해무에 갇힌다.

바다라니! 엄마는 매사 이런 식이다. 내가 가장 끔찍해하는 게 뭔지 전혀 관심이 없다. 정말 미치지 않고선, 여기서 살 수 없어.

파도 소리가 들리는 쪽으로 천천히 걸어 내려가보았다. 몇 걸음 걷지 않아 모래가 밟힌다. 어제 배가 닿았던 방파제 쪽과 달리 자갈이 거의 없고 경사도 더 완만하다. 여전히 어둡지만 대기는 살짝 투명해졌다. 왼쪽으로는 꽤 높고 경사가 가파른 모래 언덕이 보인다. 일 년 전의 이우였다면 중간에 나동그라지더라도 일단 달려들어 올라가보았을 것이다. 모래 언덕이 끝나는 곳은 꽤 높은 바위 절벽이다. 왼쪽 풍경은 그곳이 끝이다. 그 사이는 그냥 텅 비어 있다. 모래 언덕 가까이 버려진 배 한 척 외엔. 절반이나 기운 것도 그렇고 낡은 모양새로 봐도 버려진 지 오래인 듯하다. 단순한 무채색 풍경이 뜻밖에 강렬해 한참을 서서 바라보다 물가로 내려갔다.

가만히 서 있는데도 물은 숨을 쉬듯 발등을, 발목을 어루만진다. 수평선과 하늘이 뒤섞이는 먼바다에 붉은 덩어리 여러 개가 모였다가 흩어지곤 한다. 정작 배는 보이지 않는다. 수면 위로 즙처럼 번지는 불빛에 홀린 듯 조금씩 걸어들어가고 있는 줄 처음엔 몰랐다. 덴 자리에 차가운 수돗물을 튼 듯 어딘가가 시원해졌다. 바닥은 지루하도록 경사가 없어 양쪽으로 점점이 흩어져 있던 섬들까지 걸어서라도 갈 수 있을 것 같다.

나쁘지 않아.

가슴께까지 물이 닿은 줄 몰랐다. 한 걸음 내딛는데 긴 해조류 한 가닥이 오른쪽 다리를 휘감는 것 같았다. 미끄럽기보다 섬뜩했다. 하늘이 기우뚱 기울었고 집어등 불빛이 수면에 쏟아졌다. 만 전체가 눈에 들어왔다가 사라진다. 기슭이 꽤 머네. 막 놓친 바닥을 다시 딛기보다는 둥실 떠오르는 그 느낌에 몸이 더 끌린다. 한 바퀴, 두 바퀴…… 검은 물속에서 발톱의 흰 에나멜이 선명히 보였다가 사라졌다. 암녹색 빛의 터널 속으로 빨려들어가는 느낌이 불면 끝의 졸음처럼 유혹적이다. 짠물이 코로 들어왔다. 찌르르한 통증이 뒤통수까지 후비듯 날카롭게 달려간다. 무언가에 머리를 부딪쳤고 몸이 한번 더 내동댕이쳐진 후에 머리카락이 뽑힐 듯 잡아채였다. 아프다거나 숨이 막힌다거나, 그런 감각은 흐릿했다. 꿈인가? 둥근 터널의 끝에서 하얀빛이 쏟아졌다. 눈이 부신 듯했으나 여전히 수면 아래였다. 숨을 쉴 수 없는 걸 보면.

너구나, 태이.

그 생각이 마지막이었다.

*

이곳에선 모든 것들이 단순화된다.

태양과 바람, 무엇보다 밀물과 썰물의 틈새에서 모서리와 껍데기들은 삭아내리고 고운 결만 남는다. 제 삶도 그러하다고, 언젠가부터 생각해왔다. 더할 것도 뺄 것도 없는, 물아래 잠겨 파도에 쏠리는 고둥의 뼈대처럼. 여기 내려온 이후로 정모의 일상도 대개 그러했다.

잠결에 세차게 문 두드리는 소리를 듣고도 눈을 껌벅이며 누워 있다 다시 두드리는 소리에 벌떡 일어났다. 현관문을 여니 판도가 서 있었다.

젖은 옷이 몸에 처덕처덕 붙어 있었고 어깨에 번들거리는 갈색 말 한 가닥이 걸려 있었다. 놀란 듯 크게 뜬 눈을 나와 맞춘 채로 팔을 돌려 제 뒤편을 가리켰다. 어떨 땐 말없음이 더 빠른 상황 판단에 이르게 한다. 닫혀 있는 방문을 열어볼 필요도 없었다.

앞서 달려가는 판도를 따라 달렸다. 상태가 어떤지 물어볼 경황도 없었다. 가장 나쁜 그림이 떠올랐고 어딘가에서 슬리퍼가 미끄러져 달아났다. 물가에 누워 있는 형상을 먼빛으로 보았을 땐 오히려 다리 힘이 풀려 걷기가 힘들었다. 엎드려 들여다보니 몸통이 규칙적으로 오르내렸다. 젖은 옷만 아니라면 모래밭에 누워 잠든 듯 태평한 표정이었다. 그제야 판도를 돌아보았다. 귀도 안 들리는 녀석이 물가의 기척은 어찌 알았을까. 뒤에 서 있던 판도를 돌아보았다. ……어린놈이 속에 불이 꽉 차 있어. 왜 아니겠어. 한겨울에도 빤쓰만 입고 잤지. 집게고둥도 아니고, 거길 집이라고 여그 있다가도 꼭 기어들어가. 머리 검은 짐승은 키운 공 모른다더니. 이삐 할미와 살던 판도는 한 삼 년 전부터 모래톱에 버려진 목선에 나와 살았다. 서운해하던 이삐 할미도 이젠 그러려니 하고 살았다. 판도가 못 봤더라면, 생각에 머리카락이 곤두서는데 정작 별일 아니라는 듯 판도는 등을 돌려대며 앉았다. 처진 몸을 일으키는데 눈을 뜨고는 발딱 일어나다 휘청했다.

"걸어갈 수 있어요."

미운 한편 반가움이 더 컸다. 신발은 어딜 갔는지 흔적이 없었다. 정모 역시 맨발이었다. 셋이 걸어오는 동안 한마디도 하지 않았다. 현관에서 모래투성이 제 발을 내려다보고 있는 애의 팔을 잡아 욕실로 데리고 들어갔다. 옷을 입은 채 세워놓고 샤워기를 틀어 물 온도를 맞추었다. 샤워기를 받아들 생각도 않고 죽은 놈처럼 꼼짝 않고 서 있었다. 색색깔의 머리카락 사이에서 모래가 끝도 없이 나왔다. 모래밭을 걸어올 땐 현관에 세워놓고 전화를 할 참이었다. 당장 데려가라고. 이마에 들러붙은 초록색 머리칼 틈으로 빤히 올려다보는 눈을 마주쳤을 때 지금은 아니다 싶었다. 샤워기를 손에 쥐여주고 나와 옷을 대충 챙겨다 문 앞에 놓아주었다. 목이 타 냉장고를 열고 물병을 꺼내려던 정모는 한숨을 쉬었다. 아래 칸이 텅 비어 있었다. 어째 삭은 술냄새가 얼핏 나더라니. 이런 자식.

전기 포트에 물을 넣고는 컵라면을 꺼냈다. 욕실에서 나오길 기다렸다 물을 붓고 젓가락을 쥐여주었다. 이마와 뺨에 사금 가루가 여전히 반짝거렸다. 뜨거운 국물을 한 모금 먼저 마시고는 푸릇한 입술 틈으로 라면 가닥을 밀어넣는 걸 보고 있자니 어쨌거나 애 앞에서 전화를 할 수는 없겠다 싶었다. 놀란 걸 생각하면 코뚜레를 꿰어 묶어놓고 싶었지만, 젓가락 내려놓기를 기다렸다가 정모는 제 방으로 데리고 들어갔다. 침대에 눕히고는 이불을 목까지 덮어주었다. 밖으로 나와 보일러를 약하게 켜놓았다. 오뉴월에 이 뭔 짓. 머리가 지끈거렸다.

연수와 통화한 건 월요일 오전이었다. 서울 있을 땐 그래도 가끔 얼굴이라도 보았지만 여기 내려온 후론 서너 번 통화한 게 전부였다. 그것도 매번 연수가 전화를 했었다. 무언가 북받치면 제 얘기만 하고 끊는 식이다. 전화가 왔을 때 정모는 소금 창고 내벽을 살펴보고 있었다. 지난가을에 옻물을 입혀놓은 벽 상태는 만족스러웠다. 시공하기 전에 비해 육안으로도 목질이 훨씬 야무져 보였다. 뚜렷한 효과는 올여름을 지나봐야 알겠지만. 초창기부터 내부 시공을 같이해온 최씨는 시키는 대로 묵묵히 진행하다가도 유리와 콘크리트에 대한 미련을 못 버리고는 협박을 하곤 했다. 여기가 유명한 바람길 아닙니까. 소금바람엔 쇠도 못 버티는 거 알잖아요. 염분도 그렇지만 습기는 더 무서워요. 나무가 못 견디면 책도 못 견뎌요. 알아. 책이 꼭 영생해야 하는 건 아니야. 저 앉은 자리에서 삭아내린다면 그것도 제 운명이지. 말은 그렇게 해도 신경이 쓰였다. 물가에 있으니 습도가 사철 높을 수밖에 없지만 정모는 끈끈한 습기 속의 소금기를 믿었다. 그럴 때면 최씨는 짯짯이 고개를 젓고는 했는데 외려 판도는 정모

편을 들었다. 제가 뭘 알까마는. ……바닥만이라도 공구리 치는
게 어때요? 손바닥으로 창고 벽의 목질을 사랑스럽게 쓰다듬고
있는 정모를 보고 최씨가 또 잔소리를 시작하는 참이었다.

잘 지내지?

부연 물을 가라앉혀놓고 혹시 흘트릴까 조심하는 목소리였다.

나야 늘 잘 지내지.

정모는 시원하게 대답했다. 그냥 안부 전화는 아닐 거란 예감
이 들었다.

있잖아. 이우, 잠시만 데리고 있어줘. 오래는 아니고. ……애
가 좀 아파. 마음이 그래.

매번 느닷없지만 이건 유독 그랬다. 정모는 얼른 그럴듯한 핑
곗거리를 더듬어보았다. 거절의 타이밍은 빠를수록 좋은 법이
다. 상대방 처지를 많이 알게 될수록 어려워진다. 아픈 어른도
아니고 애라니. 연수는 틈을 두지 않았다.

생각해봐. 내가 뭘 대놓고 부탁한 적 없었지?

처음 얘기를 꺼낼 땐 목소리에 맥이 하나도 없더니 목소리는
점점 커졌다.

더이상 같이 있다가는 나도 미쳐버릴 것 같아. 병원 생각도 했
는데, 차마 새파란 애한테 정신병원 이력을 붙여줄 수는 없어서.

언제나 그렇듯 제 처지가 우선이었다. 거절했다간 새파란 애

를 정신병원에 넣으려는 냉혈한이 될 참이었다. 그렇다 해도 까 딱하다간 팔자에 없는 여고생 환자를 떠맡을 것 같아 정모도 말 이 빨라졌다.

학교는? 지금 학기중이잖아.

휴학했지.

벌써 대학 갔던가?

제대로 했으면 대학 갔지. 중학교 때 연수 일 년 다녀오고 작 년엔 잠시 휴학하고, 그러느라 고3이야.

고등학생이 무슨 휴학이야.

그러게.

남의 얘기 하듯 애매하게 대답하더니 말꼬리를 돌렸다.

오늘 새벽에는, 그냥 둘이 죽어버릴까, 그런 마음이 드는데 너 생각이 나더라. 거긴 일부러 요양도 가는 곳이잖아.

저도 감당이 안 되는 자식을 누구한테? 최씨가 신경 쓰여 창 고 바깥으로 나왔다. 더운 기가 훅 끼쳤다. 갯둑 너머 습지엔 한 창 몸피를 불려가는 염생식물들이 카펫을 깔아놓은 듯 펼쳐져 있다. 바다 보강 공사를 할 때만 해도 떨어져나간 널조각 사이로 드문드문 보이던 퉁퉁마디도 그새 훌쩍 키가 자랐다.

마음이 아픈 거라면, 난들 어떻게 감당하겠어? 애 키워본 적 도 없는 놈인데.

거절의 뜻으로 한 말이었는데 오히려 매달렸다.

화가 나서 한 소리야. 차라리 미친 거면, 나도 포기해버리겠는데. 응?

정모는 팔을 늘어뜨리고 손바닥 위에서 하얗게 햇빛을 되쏘는 휴대폰을 멀거니 내려다보았다.

나 좀 살려줘.

정작 죽어가는 건 자신이라는 듯 목소리에 힘이 하나도 없다. 여고생과 둘이 지내는 일은 상상조차 해본 적이 없었다. 대답이 없자, 크게 양보한다는 듯 한숨 섞인 목소리가 들려왔다.

정모야. 여름 한철만. 구월이 오기 전에, 데려올게. 가을엔 학교 보내야지. 염전에서 써레질을 시키든 갯벌에 굴리든 너 맘대로 해. 제가 얼마나 호강에 겨웠는지 뼈저리게 느끼게. 생활비는 보내줄게.

못한다 하면 생활비 때문인 줄 알겠네. 무어라 하려는데 연수가 다시 매달렸다.

석 달만. 응?

그러니까 애초부터 가을 학기 전까지 맡겨놓을 셈이었으니 제가 양보한 건 하나도 없는 셈이다. 그렇게 못을 박듯, 응? 하고는 대답도 듣지 않고 전화를 끊었다. 그리고 이틀 뒤에 바로 애를 내려보낼 줄은 몰랐다. 얼마나 놀랐던지 어제 터미널에 나가서 애를 기다리던 게 오래전 일 같다.

애 혼자 보낸다기에 좀 일찍 나가 하차장이 보이는 대합실 안에 서서 연수가 보낸 사진을 열어보았다. 가만히 들여다보자 흐릿하게 풀어져 있던 사진이 또렷해졌다. 버스 번호판은 뭐하러 찍어 보냈담. 애 사진이나 보내지. 아직은 휴가철이 아니어선지 오후의 터미널은 한산했다. 버스는 정시에 도착했고 정모는 버스 앞에 서서 내리는 사람들의 얼굴을 확인했다. 승객은 열 명도 채 되지 않았고 학생으로 보이는 승객은 없었다. 마지막으로 내린 중년의 사내 뒤를 기웃거리는 참에 여자애 하나가 느릿느릿 걸어나왔다. 잠시 통화하는 중에 흉이란 흉은 죄다 보는 것 같더니 뚜렷한 표지석 같은 저 머리카락 얘긴 왜 안 했을까. 귀밑에 겨우 닿는 길이의 머리카락을 한줌씩 대충 집어 염색한 듯한 독특한 헤어스타일이었다. 선명한 노랑, 보라, 핑크, 초록, 빨강. 세차용 브러시도 아니고. 설마 얘? 싶은데 입매가 연수를 빼닮았다. 이우냐? 물었더니 빤히 쳐다보기만 했다. 인사 같은 건할 생각이 없는 그 눈빛은, 한소리 해주려다가도 그냥 꿀꺽 삼키게 만드는 무언가가 있었다. 계단을 내려서더니 와본 곳이라도 되듯 휘적휘적 앞서 걸었다. 뒤통수를 쳐다보자니, 어쩌면 연수가 진짜 문제는 얘기하지 않았을지 모르겠다는 생각이 스쳤다. 사람들이 무지개 같은 머리카락을 빤히 쳐다보고 지나갔다. 지나치고서도 굳이 몸을 돌려 정모까지 짯짯이 쳐다보는 사람도 있다. 등에 납작한 배낭 하나가 붙어 있었다. 짐을 따로 부쳤나? 옆으로 가 물었다.

가방은 없니?

그제야 타고 온 버스를 돌아보았다. 정모가 달려가 짐칸에서 캐리어를 꺼내 올 때까지 제 발끝만 내려다보며 서 있었다. 주차장엔 그새 차가 늘어나 빈자리가 없었다. 양옆으로 암막 커튼이 드리워진 듯한 시야 속에 잿빛 스파크는 좀체 눈에 띄지 않았다. 빨갛게 도색을 해버릴까. 다행히 주차할 때 보아둔 픽업트럭이 먼저 눈에 띄었다. 차 안이 후텁지근해 창을 내렸다. 속이 갑갑했다. 선착장까지 와 차를 배에 싣고, 선실로 올라가자 했을 때도 대답 없이 뒤를 따라왔다. 선실로 올라오니 마침 판도가 앉아 있었다. 인사도 하는 둥 마는 둥 하고는 이우를, 정확히는 머리카락을 빤히 쳐다보았다. 의자 끝에 엉덩이를 살짝 걸치고는 등도 기대지 않고 금방이라도 날아갈 모양새로 앉아 있더니 중간에 깜빡 조는 것 같았다. 슬쩍 내려다보았더니, 내내 각을 세우고 있던 것과 달리 눈감은 표정이 진이 빠진 듯 처량했다. 집에 들어오니 오후 볕이 집안 깊숙이 밀려들고 있었다. 창고처럼 잡동사니를 쌓아두었던 작은방을 치우고 걸레질까지 해놓은 참이었다. 방에서 좀 쉬라 해놓고 나니 지치는 기분이었다.

습관적으로 선반에서 컵라면을 꺼내다 도로 내려놓고는 싱크
대를 들쑤신 후에야 유통기한이 이 주밖에 지나지 않은 즉석 북
엇국 봉지를 찾아냈다. 뿌듯한 마음이다가 한숨이 나왔다. 누군
가를 돌본다는 건, 무엇보다도 하루 세 끼를 책임져야 하는 일이
었다. 버스에서 내리는 색색깔의 머리카락을 처음 본 순간보다
더 갑갑해졌다. 당장 뭘 먹나. 아침이면 커피와 토스트 한 쪽으
로 간단히 해결하곤 했는데. 식빵 한 봉지 냉동실에 넣어두면 보
름은 걱정없던 시절이 그리웠다. 우선은 영혼의 문제가 아니라
끼니의 문제로군.

상을 차리고 있는데 이뻬 할미가 현관문을 벌컥 열고 들어섰
다. 익숙해질 때도 됐건만 매번 놀라게 된다. 잠가놨다가 사람
사는 동네에 이런 법은 없다며 나무라는 바람에 프라이버시는
진즉 포기했지만 제발 기척이라도 하고 들어오면 고맙겠다. 들
어오진 않고 사각 찬통 둘을 내려놓았다. 게장이 맛나. 하난 물
김치여. 가물어서 열무가 질기네. 내 탓 아닌게, 그런갑다 해. 그
럼요. 맛있게 먹을게요. 요즘은 간이 좀 세졌어. 죽을 때가 됐나
봐. 할머니 손맛을 누가 따르겠어요. 그러긴 하지, 하면서 노골
적으로 이유를 요모조모 살폈다. 정모는 모른 척했다. 그런다고
가라앉을 오지랖이 아니다. 색신가 했더니 딸인갑서? 예, 딸입
니다. 어디서 왔어? 서울서 왔어요. 서울서는 요즘 머리를 그러

고 사나? 겁나 예쁘네잉. 이쁘 할미다운 반전이다.

즉석밥과 열무김치와 게장과 북엇국이 놓이니 식탁이 그득해 보였다. 식탁이라기보다는 작은 탁자를 벽에 붙여놓은 터라 무릎이 살짝 닿았다. 먹자, 하고는 국을 몇 술 뜨고 있는데 물방울 같은 게 국그릇으로 똑 떨어진다. 턱밑에서 모여 한 방울씩 똑, 똑. 십 초 간격. 모른 척했다. 굶을 마음은 없는지, 턱에 간당간당 눈물방울을 달고는 밥을 떠넣었다. 밥을 다 먹고는 제 방문을 닫고 들어가는 뒷모습을 본 게 마지막이었다. 생각해보니 그때까지 한마디도 하지 않았다.

채 하루도 지나지 않아 대형 사곤데 뭐, 석 달! 냉장고 문을 붙든 채 들어 있던 맥주 캔의 숫자를 짐작해보며 정모는 한쪽 입술을 물어뜯었다.

나란 인간은, 나와 함께 사는 것만도 힘들다.

*

오늘, 진짜 바다를 보여줄게. 기대해.

태이는 푸른색 베스파의 시트를 손바닥으로 툭툭 친다.

바다가 보고 싶어. 점심을 대충 먹고 옥상에 올라와 태이와 통화를 하던 참이었다. 쨍하게 맑아서 끝없이 펼쳐진 아파트 단지와 하늘이 맞닿는 부분이 수평선처럼 푸릇한 걸 보다 별생각 없이 불쑥 나온 말이었다. 그러니까, 십 분 후면 오교시 종이 울릴 텐데 오후 내내 의자에 앉아 있어야 하는 게 기이한 형벌 같다는 얘기였다. 태이가 외쳤다. 지금 가면 되지! 제부도 콜? 분식집 앞으로 나와. 무어라 할 틈도 없이 전화를 끊어버렸다. 학교 근처 상가 주차장 구석에 태이가 늘 스쿠터를 주차해놓는 곳이 있었다. 점심시간에 학교 바깥에 잠시 나오는 건 그리 어려운 일은 아니다. 날아왔는지 태이는 벌써 시동을 걸어놓았다. 제 헬멧을 이우 머리에 씌워주고는 턱 아래 손가락 하나가 들어갈 만큼 조여주었다.

〈로마의 휴일〉에서 오드리 헵번이 탔던 그 스쿠터라나, 뭐라나. 내가 속 좁은 애는 아닌데 이 베스파에 살짝 질투심을 느낀 게 한두 번이 아니다. 태이는 제 베스파를 사랑했다. 할리? 원하면 굳이 못 살 것도 없지. 베스파라서 산 건 아니야. 꽂혔는데, 그게 베스파인 거지. 허세라기보다는 어딘가 베이비 로션의 향이 스치는 목소리였지. 누가 봐도 고물상에 어울리는데 태이는 앤티크라고 굳게 믿는 듯했다. 멀찍이 떨어져서 보면 아날로그 느낌의 라인이 사랑스럽긴 했다. 특히나 크레파스처럼 쨍한 파랑, 군데군데 벗겨지고 찍힌 자국이 선명한 그 색감이 그랬다.

쳐다만 봐도 즐거워지는. 스쿠터의 주인이 그런 것처럼. 거기다 왁스 칠을 얼마나 해대는지 비가 쏟아져도 빗방울이 묻지 않는 기이한 상태를 유지했다. 꼭 잡아! 날아갈 거야. 막 거품 낸 생크림을 삼킨 듯한 목소리. 느끼한 건 아니고 그냥 달콤하고 부드럽다. 혀 위에 올려놓고 싶을 만큼.

스로틀을 깊숙이 당기자 베스파가 암팡지게 으르렁거린다. 태이의 등이 뒤로 밀리며 가슴에 부딪친다. 이름을 부르는 다정한 목소리가, 가슴에 와닿는 탄탄한 등의 느낌이 물속의 외침처럼 미세하게 지연된다. 그리고 자꾸 반복된다. 부딪는 가슴 안쪽 깊숙한 데가 에이듯 아프다.

눈을 떴다. 분식집 간판은 보이지 않는다. 푸르스름하다. 물속인가. 사물의 윤곽이 차츰 보인다. 공간은 아주 작다. 춥지도 덥지도 않다. 누워 있는 침대 외엔 아무것도 없다. 벽엔 시계 하나 걸려 있지 않다. 두통은 없다. 이렇게 머릿속이 맑았던 건, 기억 이전의 세계에서나 있던 일인데. 후드 티 주머니에 손을 넣었다. 휴대폰이 들어 있다. 손가락으로 액정의 금간 흔적을 더듬어보았다. 이제는 허공에도 제멋대로 갈라진 그 선을 고스란히 그릴 수 있다.

태이, 여기 어디야?

아주 오래 잔 것 같기도 하고 깜박 잠이 들었다 깬 것 같기도 하다. 푸르스름한 어둠에 눈이 익으며 시간과 공간이 정리가 되었다.

버스 승객은 몇 명 되지 않았다. 자리 확인도 하지 않고 맨 뒤로 가서 털썩 주저앉은 후에도 엄마는 버스가 출발할 때까지 서 있었다. 배웅을 하겠다기보다는 어디로 튈까봐 그런 거지. 중간에 깜박 잠이 들기도 했다. 이상하게 움직이는 차 안에선 그래도 좀 잘 수 있었다. 휴게소엔 내리지 않았다. 도착하는 데가 어딘지 관심도 없었지만 버스에서 내려 다시 배를 타고 들어오는 덴 줄은 몰랐다. 포도알을 한줌 따서 흩뿌린 듯 자잘한 섬들이 선실 양쪽으로 가까이 보였다. 몇 번째인가 섬에 도착해 아저씨가 차를 내리는 동안에도 방파제 끝에 서서 발끝만 내려다보고 서 있었다. 방파제 벽에 따개비들이 다닥다닥 붙어 있었다. 바닷물은 투명했다. 바닥의 자잘한 돌들이 또렷이 보였고, 파도가 칠 때마다 머리카락 같은 해초들이 한 방향으로 누웠다가 다시 일어나고, 드러눕기를 반복하고 있었다. 그러니까 섬 사이의 섬. 한 시간 전에 설치한 듯 접힌 자국이 뚜렷한 비닐 옷장이 보이지 않는 걸로 봐서, 여긴…… 다시 시간의 앞뒤와 공간이 뒤엉킨다. 어디서부터 어디까지가 꿈속의 일인지 구별되지 않았다. 그러니까, 아저씨가 이불을 목까지 덮어주었지. 주머니 속 휴대폰은 어쩐지 늘 체온보다 조금 더 따뜻하다.

너, 여기 있는 거지? 조금 늦어졌지만, 우린 섬에 왔네.

그날 제부도는 가지 못했다.

출발했으나, 도착하지 못했다.

*

가볍게 뛰어올라 천장에 고정해둔 나무 봉을 잡고는 척추 마디 하나하나를 접어올려 나무 봉에 발을 건 후 윗몸을 천천히 늘어뜨리면 선창에 맞춤하게 얼굴이 닿는다. 몸의 힘을 빼고는 목을 가볍게 흔들었다. 해가 질 시간이다. 이렇게 물구나무를 서서 크고 붉은 덩어리가 섬과 섬 사이로 흘러내리는 풍경을 보고 있으면 배꼽 깊숙한 곳이 따끈해졌다. 작은 선창이지만 여기서 보이는 풍경은 매일 달라진다.

배로 돌아오면 물구나무를 선 채로 지내는 시간이 많았다. 어쩐지 바로 서 있으면 안정감이 없었다. 발바닥이 땅에서 살짝 떠 있는 것처럼 조바심이 났다. 이렇게 물구나무를 선 채로 책을 읽거나 운동을 하거나 그물 손질을 하기도 한다. 먹는 일 외엔 이 자세가 제일 편했다. 서커스에선 두 계절을 머물렀을 뿐이지만 그래도 몇 가지 기예를 배울 수 있었다. 물구나무 서기, 허공에 매달린 고리에서 멀어지는 다른 고리로 갈아타기. 바깥 세계에 둔감해지는 것. 한 번도 무대에 서진 못했다. 공연 준비를 하면서 의자를 펼쳐놓거나 접어서 정리하는 일이 판도의 몫이었다.

맨 처음 서커스 천막 속으로 들어설 땐 셋이었다. 여자를 엄마라고 불렀던 것 같다. 같이 있었던 남자가 누군지는 모르겠다. 셋이 같이 살았는지도 기억이 없다. 누이라 해도 될 만큼 앳되었다는 생각뿐 여자의 얼굴 역시 기억나지 않는다. 꽤 오래 붙들고 있었던 살냄새도 다 흩어졌다. 여름이었고 아이스케키를 들고 있던 손이 끈적거렸다. 누가 무어라 하지도 않는데 급히 먹어치웠고 여자는 손수건을 꺼내 말없이 손가락을 닦아주었지만 마른 손수건으론 끈적함이 지워지지 않았다. 서커스는 이미 시작한 후였다. 사람을 태운 말이 무대를 크게 돌고는 들어가자 허벅지 바깥쪽으로 금빛 술이 달린 붉은 바지를 입은 남자가 수직 계단을 아주 빠르게 올랐다. 남자가 높다랗게 묶인 줄을 타고 건너편을 다녀온 후 아래쪽 그물망이 치워졌다. 천막 안에 있던 사람들이 일제히 박수를 쳤다. 어디선가 커다란 고리 두 개가 내려왔다. 그중 하나를 잡고 시계추처럼 흔들리던 남자가 허공 저편으로 멀어져가는 고리로 몸을 날렸다. 비명을 지르며 돌아보았을 때 옆자리는 비어 있었다.

술 달린 바지를 입은 남자는 공중 기예를 가르칠 땐 혹독했지만 자기 전에 매번 과자 봉지를 쥐여주곤 했다. 과자를 다 먹고 나면 찐득하고 찝찔한 손가락을 오래 빨았다. 손가락을 빠는 게 과자를 먹는 것보다 좋았다. 지금의 판도보다 어렸을 여자들은 판도가 있거나 없거나 옷을 훌렁훌렁 벗어던졌다. 허연 허벅지를 드러내놓고 잠든 모습을 볼 때면 여자는 더럽다는 생각을 했다. 점을 찍듯 도시를 옮겨다니던 서커스는 바닷가 공터에서 마지막 공연을 했다. 손님이 제법 찰 때도 있었지만 낮엔 예닐곱 명을 앉혀놓고 공연을 한 적도 있었다. 지금 생각하면 독하게 추운 날들이었는데 그땐 그게 추운 건 줄 몰랐다. 그 도시에서의 공연이 마지막이 될 거란 건 알고 있었으면서.

왜 이삐 할미를 따라오게 되었는지는 모른다. 지금보다 훨씬 젊었을 땐데도 할미의 첫 기억은 여전히 할미다. 섬에 있는 초등학교를 마치자 할미는 육지로 나가 중학교를 가야 한다고 했다. 판도에게 육지는 거대한 서커스 천막이었다. 그 속으로 다시 들어가고 싶지 않았다. 초등학교를 다니긴 했어도 뒷자리에 앉아 있다 돌아온 게 전부였다. 책을 읽을 순 있었으나 이해할 수 없었다. 되풀이해서 읽어도 의미를 알 수 없었다. 등굣길에 샛길로 빠져 바닷가에 가서 종일 놀다 돌아와도 아무도 뭐라 하는 사람이 없었다.

판도는 가끔 혼자 나와 머물곤 하던 이 배로 옮겨왔다. 판도가 이 섬에 들어왔을 때 이미 모래톱에 박혀 있던 배였다. 할미는 무어라 하지 않았다. 가끔은 집에 들러 할미가 해놓은 밥을 먹을 때도 있지만 바다에서 건진 것들을 날로 먹거나 쪄먹는 편이 더 좋았다. 어판장에 내기엔 좀 양이 애매한 문어나 전복을 잡으면 할미 생각이 났다. 부엌에 내려놓으면 할미 얼굴에 자잘한 주름이 졌다. 식은 죽의 더께를 숟가락으로 밀었을 때처럼. 그럴 때면 할미가 오래 살았으면 좋겠다는 생각이 들었다.

겹쳐진 섬의 능선에 보랏빛 그림자가 내려앉는다. 모래톱은 허공에 떠 있는 것처럼 보인다.

텅 비어 있다.

매일 이렇게 바깥 풍경을 보아왔으면서도 저 모래톱이 텅 비어 있다는 생각을 해본 적은 없었다. 새벽의 모래톱을 걸어가던 이우의 뒷모습을 지켜보기 전까진.

여기선 떠오르는 해를 볼 순 없다. 배의 뒤편, 모래 언덕 위로 해가 떠오르려면 정오가 가까워야 했다. 대신 판도는 새벽에도 이렇게 바다 쪽을 내다보았다. 새벽의 바다는 신비롭고 아름답다. 판도가 생각하는 아름다움은 그런 것이었다.

그날도 눈을 뜨자마자 물구나무를 선 채로 몸을 동그랗게 말았다 펼치는 운동을 하고 있었다. 무채색 풍경 속으로 느닷없는 물체가 불쑥 뛰어들었다. 맨다리가 허공을 딛고 걸어갔다. 어깨쯤에 파도가 출렁인다. 머리카락이 아니었으면 누군지 몰랐을 것이다. 같이 배를 타고 들어온 그 아이였다. 오는 내내 한마디도 하지 않았던. 벙어리인가. 물이 막 부풀어오르는 시각이었다. 바다는 선창에서 가까운 곳까지 밀려와 있었다. 물가에서 멈춘 아이는 한동안 서 있었다. 멀리, 집어등 불빛이 거리에 따라 크거나 조그맣게, 선명하거나 흐릿하게 풀어져 흔들렸다. 먼 섬의 이마부터 투명해지고 있었다. 요란한 머리카락 색깔이 조금 더 선명해졌고 파도의 흰 이빨이 보이기 시작했다. 해찰하듯 발로 물을 툭툭 건드려보더니 한 걸음씩 걸어들어가기 시작했다. 어느 지점에서 멈추고는 천천히 고개를 돌려 뒤를 한 번 돌아보았다. 불을 켜지 않아 선창은 검게 보였겠지만 판도는 그 순간 둘의 눈이 마주쳤다고 느꼈다. 뒤집힌 화면의 어느 부분이 깨졌다. 머리통이 부표처럼 흔들렸다. 그걸 보고도 판도는 물구나무를 선 채 움직이지 않았다. 저쪽은 투명한 막 바깥이었다. 막 바깥의 사람들은 흔적도 남기지 않고 상처를 만들어놓곤 했다. 배는 판도의 고치였다. 눈을 감았다. 고치 안의 세계는 완벽했다. 저건 물속에서 저만치 비껴가는 가오리와 다를 바 없어. 눈을 떴다. 부표가 보이지 않았다. 창틀을 짚고 바닥으로 내려섰다. 달려가는 동안 갈비뼈가 팽팽해지도록 숨을 들이마셨다. 방향을 가늠하며 달려갔다. 물속은 아직 검었다. 팔을 옆구리에 붙이고 발을 모으고는 발목만 지느러미처럼 움직였다 눈을 감았다.

보드라운 생기의 파동이 와닿았다. 파동이 흐트러지지 않도록 숨을 멈추고는 작은 기척들을 헤아렸다. 숨을 멈추면 피돌기가 느려지면서 물고기의 유영마저 고스란히 느낄 수 있게 된다. 따스한 기운이 가까운 곳에 있었다. 눈을 떴다. 저만치 수초처럼 일렁이는 머리카락이 보였다. 젖혀진 허리 아래로 들어가 제 허리를 겹쳤다. 수면으로 떠오르는 동안 움직임이 느껴지지 않았다. 우선 상체만 물 밖으로 꺼내고는 모로 눕혀 등을 세게 쳤다. 물부터 토하게 한 후에 가슴을 세차게 눌렀다. 가만히 올려 뜨는 눈과 마주쳤을 땐 판도가 오히려 놀랐다. 눈을 다시 감았지만 숨소리는 골랐다. 젖은 속눈썹이 바르르 떨렸다. 몸을 물이 닿지 않을 만한 데까지 끌어올려놓고는 달려갔다.

그 일이 있은 후 처음 마주쳤을 때, 그 새벽은 제 기억에 없는 듯 굴었다. 판도도 그게 편했다. 모래 언덕 아래 종일 나앉아 있을 때도 있고 소금 창고에서 부딪칠 때도 있었다. 소금 창고에선 책을 정리하기도 했고 정리하다 집어든 책을 들고 아무데나 앉아 늦도록 읽는 날도 있었다. 판도 역시 소금 창고에 들르는 날이면 기운 써야 되는 일을 몰아서 해놓거나 책을 읽다 돌아오곤 했다. 읽던 책을 들고 와 이렇게 물구나무를 서서 읽으면 훨씬 더 머릿속에 잘 들어온다. 왜 그런지는 판도도 알 수 없었다. 그러니 물구나무를 선 채로 선창 바깥을 내다보는 건 오래된 습관일 뿐이다. 크레파스로 색칠해놓은 듯한 머리카락과는 상관없는 일이다.

발이 저려온다. 거대한 보자기처럼 천천히 내려와 섬들을 감싸던 노을이 무채색으로 바뀐다. 바닥으로 내려서자 오히려 저릿함이 발목까지 번진다. 자잘한 뼈들이 뻐근했다. 발등의 소복한 부분에 못이 박인 건 오래전이다. 어지간히 매달려서는 아무렇지도 않은데. 낡은 티셔츠를 하나 찾아와 팔 부분을 찢어냈다. 나무 봉에 찬찬히 감고는 노끈으로 야무지게 묶었다.

*

엉, 겅, 궈.

손바닥 오목한 곳에 또박또박 글을 쓰는데 내리뜬 속눈썹이 파르르 떨리는 걸 지켜보다 가운데 글자를 놓칠 뻔했다. 이 아이가 자기만의 방식으로 말하는 걸 보고 있으면 밀물이 차오르듯 마음이 빽빽해진다. 제대로 된 수화라기보단 몸의 말 같은 것.

아저씨 얘기론 청각 장애 때문에 말을 못하는 거라는데, 그렇다고 제대로 된 수화를 배울 기회도 없었단다. 입술 움직임을 보고 말을 알아듣는 능력이 탁월한 걸 보면 아마 중도 장애인 것 같다고, 불쌍한 애니 따뜻하게 대해주라고 했다. 그래도 판도의 손짓을 보고 무슨 말인지 알아채지 못한 적은 없었다. 판도가 이우의 입술 움직임으로 말을 알아듣는 것처럼. 어떨 땐 얘가 입술 움직임이 아니라 소리의 파동으로 알아듣는 게 아닌가 싶기도 하다. 제 얼굴을 쳐다보지 않고 이야기를 해도 알아듣는 것처럼 보인다. 그래도 이렇게 제 손바닥을 불쑥 내밀 때가 있다. 똑같이 손바닥을 내밀면, 오목한 곳에 글자를 하나씩 쓴다. 이렇게.

"엉겅퀴?"

이우가 묻자 고개를 끄덕인다.

연자줏빛 꽃이파리가 촘촘히 모여 있는 꽃송이가 가시 돋친 줄기 끝에 붙어 있다. 작은 도자기에 딱 한 줄기를 꽂아놓았다. 처음 보는 꽃이 어쩐지 마음을 끌어 코끝을 바싹 대고 들여다보았다기보다는 어색하던 참에 꽃이 눈에 띈 거였다. 자주 이 앞을 지나다니면서도 들어와본 건 처음이었다.

해식애까지 걸어갔다가 밀물 때라 동굴 안까지는 들어가지 못하고 되돌아오는 길이었다. 석양이 현창에 부딪쳐 안이 보이지 않았으나 판도가 배 안에 있다는 걸 알 수 있었다. 언제나처럼 거꾸로 선 채로. 여기 온 후로, 이우는 제 감각이 확장되고 예민해졌다고 생각했다. 보이지 않는 것이 보이고, 들리지 않는 것이 더 또렷해졌다. 그렇긴 해도 어떻게 눈코입이 거꾸로인지는 알수 없었다. 궁금했다. 푸른색 페인트가 거의 다 지워지고 흔적만 남은 배 옆구리를 톡톡 두드렸다. 기척이 없다. 한번 더 두드리자 문이 열렸다. 들어오라는 소리도 않고 쳐다보기만 했다.

"들어가도 돼?"

밖으로 나오며 문을 조금 더 열어주었다. 안은 어두웠다. 첫눈엔 넓어 보였으나 사실은 좁았다. 아무것도 없어서 그렇게 보인 것 같다. 바닥에, 아마도 창고에서 가져왔을 책 몇 권이 쌓여 있었다. 창틀엔 엉겅퀴 한 줄기, 그리고 표면이 다 닳아 매끈해진 소라고둥 하나. 그게 전부였다. 천장은 머리가 닿을락 말락 했다. 아하. 이우가 천장의 나무 막대를 가리키며 웃자 판도가 따라 웃었다. 창은 안쪽에서 더 작아 보였다. 바깥을 내다보았다. 그 새벽에 몽유병자처럼 걸어나가 서 있었던 모래톱이 한눈에 들어왔다. 앤 잠도 안 자나?

남의 집을 방문할 땐 빈손으로 오는 게 아닌데, 뒤늦게 그 생각이 들었다. 호주머니에 들어 있던 조약돌을 소라고둥 옆에 내려놓고는 창밖을 가리켰다.

"고마웠어."

못 들은 사람처럼 무반응. 어색하리라는 생각은 못했는데. 나오려는데 판도가 소라고둥을 집어 건네주었다. 껍데기는 단단하면서도 매끄러웠고 연한 코코아빛 물결무늬가 그린 듯 새겨져 있다. 예쁘네! 했더니 도로 받아들고는 왼쪽 귀에 대어준다. 누군가 귓바퀴에 입을 붙이고 바람을 불어넣듯 부우우 하는 소리가 들려왔다.

"신기하다!"

판도는 고둥을 내밀었다. 고개를 저었는데 이상한 고집을 부리며 손바닥에 쥐여주었다.

"왜? 왜 주는데?"

판도는 잠시 생각하더니 이우의 손바닥에 썼다.

알, 았, 는, 데, 묻, 는, 순, 간, 잃, 어, 버, 렸, 어.

이번엔 이우가 판도 손바닥을 펼쳤다.

잊, 어.

판도는 고개를 가로젓고는 다시 썼다.

잃, 어.

물위에 쓴 글처럼 글자들이 사라진 자리에 고집스럽고 따뜻한 느낌이 물처럼 고였다. 그걸 받아들고 걸어오다 집 앞에서 다시 귀에 대보았다. 부우우 소리는 여전히 들렸다.

근데, 얘는 이 소리가 들리는 걸 어찌 알지? 파동이 전달되는 걸까? 고막에 와닿는 느낌은 같은 건가?

*

싯다르타의 아버지는 몸과 마음이 커가는 아들에게 카필라 성 바깥을 보여주지 않으려 무던히 신경을 썼다. 왕국을 물려받지 못한 천민들의 남루 따위 마주치지 않기를, 어찌할 수 없는 그들의 운명에 마음 다치는 일이 없길 바랐다. 혹여 생의 비참을 목도한다면 미련 없이 궁궐 바깥으로 걸어나갈 아들 영혼의 결을 이미 알았으니까.

태원의 아버지 역시 태원의 그릇 크기를 알고 있었다. 바깥 생의 곤고함에 부닥치는 즉시 왕궁으로 돌아와 주먹을 새삼 움켜쥐고 닫힌 문을 두드릴 위인임을. 금융 공학의 전문성을 내세우며 설득해서 받아든 자금으로 벌인 사업은 업태를 몇 번 바꾸는 사이 사 년 만에 껍데기만 남았다. 마지막으로 한 게 요식업이었다. 겉으로 보기엔 우아하지만 그것처럼 힘든 일이 없었다. 밀라노에서 무슨 대회의 상을 받았다는 주방장과 고객이 동시에 갑질을 했다. 뼛속 깊이 갑으로 자란 태원이 제 성질대로 했으면 여럿 죽여버렸을 것 같은 시간이었다. 하루하루 매출이 기본은 나오는 것 같았지만 정리하고 나니 제가 저한테 사기를 당한 기분이었다. 새 사업을 벌일 아이템도, 자본도, 의욕도 없었다. 태원은 조용히 왕국의 대문을 두드렸다. 평소 성격으론 발도 못 붙이게 내칠 것 같았지만 아버지는 문을 열어주었다. 눈에 불을 켜고 주위를 배회하는 하이에나들 틈에서 그래도 피붙이가 낫다는 본능적인 판단을 했겠지. 한번 문을 두드린 후엔 왕국의 질서 속으로 흘러들어야 한다. 아버지의 율법이 제 율법이 되어야 한다. 적의에 찬 견제구처럼 날아오는 막말이나 독단적 결정은 일용할 양식이 되었다.

경매는 파장이었다. 가격이 매겨진 생선 박스들이 이름표를 붙인 채 속속 실려 나가자 번들거리는 바닥이 휑하니 드러났다. 뒤늦게 목이 풀린 경매사의 흥정 소리가 천장 패널에 부딪쳐 어판장 전체로 흩어진다. 독특한 리듬과 곡조의 가사는 숫자이다. 새벽에 저 소리를 듣고 있으면 돈의 송가를 부르는 수사들 사이를 걸어다니는 것 같다. 높다란 천장에 매달린 형광등에서 퍼져나오는 푸르스름한 빛마저 비릿하다. 흥청임과 비린내. 익숙해질 때도 지났건만, 태원은 늘 남의 동네에서 맞는 아침처럼 설다.

태원보다 한참 작은데도 영도의 걸음은 더 빠르고 단호하기까지 하다. 양복 차림에 목이 긴 비닐 장화를 신은 아버지를 서너 발자국 뒤에서 따르며 태원은 바닥에 홍창을 댄 제 구두에 신경이 쓰인다. 마주치는 사람들은 영도 앞에서 예외 없이 급한 걸음을 멈추고 공손하게 인사를 건넨다. 영도는 도매상과 중개인들의 이름을 일일이 부르면서도 걸음을 멈추진 않는다. 병어 박스를 쌓은 카트를 끌고 오던 잡부 하나가 카트를 던지다시피 하며 달려와 허리를 깊숙이 굽힌다.

"이사장님, 나오셨습니까!"

목이 멘 듯 인사를 한 건 오씨다. 지난 설 무렵이었다. 평생을 질퍽이는 어판장 바닥에서 보내면서도 늘 유쾌하던 오씨가 코를 빠뜨린 채 카트를 끌고 지나는 걸 보았다. 사무실로 들어온 영도는 잡무를 보는 최군을 불렀다. 오씨, 무슨 일 있나? 왜 입만 열면 자랑하던 아들 있잖아요. 육 년 내리 일등만 한다고. 이번에 대학에 덜컥 붙어버렸다네요. 넋 빠진 놈이죠. 고등학교 마쳤으면 아버지 짐이라도 같이 밀든지…… 최군은 저보다 두 살 아래라는 그 아들 흉을 보다가 중간에 오씨를 부르러 가야 했다. 구부정하게 서 있는 오씨에게 영도는 전공이 뭔가, 학교가 어딘가, 뭐 그런 거 묻지 않고 봉투를 하나 내밀었다. 첫 학기 등록금은 될 거야. 다음부턴 제가 알아서 하라고 해. 그 자신이 험난한 시절을 보내서 그런 건 아니었다. 영도는 가난 속에 태어나고 자란 사람들을 다루는 법을 알고 있었다. 고귀한 사람의 자선은 두 배로 고귀해 보이는 법이다. 그다음부터 오씨는 발바닥에 바퀴를 달았다.

영도는 교육재단과 벌여놓은 다른 사업들 챙기기도 버거운 형편인데도 사업의 기반이 된 수산유통 쪽 사업은 정리하지 않았다. 일주일에 두어 번은 꼭 현장에 나타나 세세한 곳까지 챙겼다. 다시 내려온 후론 태원도 빠질 수 없는 일정이었다. 아버지는 창고 구석에서 방수 앞치마 하나를 집어들어 목에 걸었다. 허리끈을 묶고 앞을 탈탈 털자 마른 비늘이 푸스스 날렸다. 오씨가 기겁을 했다. 낙찰받은 박스들을 우리 구역으로 옮기는 인부들은 오씨까지 셋이었다. 일손이 달리는 것도 아니다. 영도는 손을 내저었다.

"내리고 있을 테니 마저 실어와."

생선 박스 두 개를 겹쳐 번쩍 드는 영도 옆에서 오씨는 얼굴색까지 변해 안절부절못하다 카트를 끌고 경매장 쪽으로 달려갔다. 맞춤 양복 위에 방수 앞치마를 서슴없이 두르는 아버지가 태원은 두렵다. 아버지는 힘이 좋았다. 온몸의 힘을 한주먹에 모을 줄 알았다. 아버지는 그 주먹으로 진즉 이 부둣가를 평정했다. 태원의 기억 속에서 아버지 이름은 영도가 아니라 영두였다. 어이 영두, 영두 이 새끼. 사람들은 그렇게 불렀다. 지금은 누구도 아버지의 그 시절을 얘기하지 않는다. 그 시절의 기억을 지우려는 건 아버지가 아니라 그렇게 불렀던, 지금은 아버지와는 다른 세계를 사는 사람들이었다. 학교재단을 설립한 이후로는 이사장으로 불리고 있지만 아버지는 여기 사무실에 유난한 애착을 가지고 있다. 처음으로 갖게 된 초라한 건어물 가게를 시작으로 낚싯배 임대를 하던 작은 동력선 한 척을 거쳐 선단을 이루게 된 성취의 처음이 이 바닥이었다. 태원이 다시 돌아왔을 때 아버지는 지난 일에 대해선 묻지 않고 이곳으로 출근하라 했다.

오늘 경매분을 모두 살펴보고 나서야 아버지는 사무실로 들어갔다. 좁은데다 거의 수직으로 선 철제 계단을 올라가면 베니어로 된 가벽이 있고 그 안쪽에 있는 사무실은 아래층과는 별세계다. 비린내는커녕 책상 위에 볼펜 하나 굴러다니는 법이 없다. 날아갈 듯 엉덩이 끝만 소파에 걸치고 앉아 있던 김변호사가 문 열리는 소리와 동시에 일어났다. 아버지가 앉기를 기다렸다 파일을 펼쳐 내려놓았다.

"생각보다 빨리 끝났습니다."

"모두?"

"네, 그렇습니다. 열여섯 구좌. 말씀하신 대로 넷은 남겼습니다."

"그런가?"

"그렇습니다."

태원은 김변호사 뒤에 서 있었다. 전체 지분을 스무 개로 쪼개서 분양하되 네 개는 우리 소유로 두라고 시킨 건 아버지인데 처음 듣는 얘기처럼 구는 아버지를 차마 쳐다보지 못해 제 구두코를 내려다보았다. 조심했는데도 꾸들꾸들 마른 생선 비늘 몇 개가 들러붙어 있다. 싫다. 일본에서 법정 운항 연한이 꽉 찬 배를 사들인 게 십 년 전이다. 배 관리를 잘했는지 처음 왔을 땐 외형이 아주 깨끗했고 엔진도 양호했다. 한 십 년 연안 여객선으로 부렸으니 본전을 제대로 뽑은 셈이다. 이제 고철로 해체하는 전문 업체에 넘기는 게 순서였다. 영도 생각은 달랐다.

사업 개요는 아버지가 만들었다. 핵심 단어 몇 개를 던져주자 김변호사가 살을 붙여 서류를 꾸몄다. ……연근해의 수질 오염이 심각해지면서 정부 차원의 조례가 곧 발표될 것이다. 선박 폐기물이나 청소 상태의 정기 점검이 강제적으로 시행되는 법령이 곧 통과될 예정인데 갑작스런 수요에 비해 청소용 선박은 터무니없이 부족하다. 등록된 배는 허가받은 업체와 계약을 맺어야 하고 사용자는 배의 톤수에 따라 월정액의 관리비를 납부해야 할 것이다. 소방이나 승강기 관리 업체가 그러하듯 이건 땅 짚고 헤엄치는 사업이다. 이 지역에선 독점 사업이며 사채 수준의 이윤이 예상된다. 손익분기점을 넘어서면 초과 수입에 대한 배당도 약속한다.

연근해의 오염 실태가 심각한 것도 사실이고 바다를 근거로 먹고사는 사람들이라면 누구나 해양 쓰레기와 부유물을 수거할 필요성을 느끼고 있었다. 선박 폐기물이나 쓰레기를 바다에 버리지 못하게 하는 법안이 있긴 하지만 지키는 사람은 거의 없었다. 오염원이 배뿐이라고 할 수도 없다. 밤이면 트럭들이 건축 폐기물이나 애매한 생활 쓰레기를 싣고 와 바다를 매립하기라도 할 기세로 쏟아붓는 일이 예사로 있었다. 도시를 낀 바다에선 육지 가까이 내린 그물에 고기 반 폐비닐 반이란 소리가 엄살이 아니었다. 그렇다 해도 입법을 하고 구체적인 시행령이 발효되는 게 언제일지는 짐작하기 어려운 시점이었다.

김변, 그 배 얼마에 들여왔더라? 소소한 경비까지 다 해서 십억 정도입니다. 지분은 스무 개로 쪼개. 한 구좌가 오천. 서류만 들어지면 영감들 모이는 요릿집에 정보를 흘려. 다 팔지 말고 열여섯 개만 팔아. 나머진 갖고 계시겠습니까? 방패가 있어야지. 가장 크게 타격을 입은 건 우리 아닌가. 수익을 확신하지 않았다면 지분을 이리 움켜쥐고 있었겠나…… 김변호사가 머리를 조아리는데 태원이 그랬다. 그냥 고철값만 받고 넘기죠. 아버지는 눈썹을 추켜올려 이마에 주름을 만들고는 태원을 쳐다보았다. 더 얘기해보라는 듯. 선박 청소 대행은 대륙 간 물류를 하는 초대형 화물선이나 돼야 사용하는 서비스입니다. 부산이나 인천이라면 몰라도 여기선…… 아버지는 혀를 찼다. 배를 침몰시키는 건 눈에 보이지 않는 구멍이다. 서른이 다 된 배를, 너 같은 놈 말고 누가 사겠나? 태원은, 빤한 바닥에서 누가 그 지분을 사겠습니까, 목구멍까지 올라온 말을 꿀꺽 삼켜버렸다. 그 말을 삼킨

42

건 잘한 일이었다. 사업 소문이 돌기 무섭게 내놓은 지분은 순식간에 소진되었고 뒤늦게 한 다리 집어넣을 수 없냐는 청이 줄을 이었다. 심지어는 오씨마저 태원을 붙들고는, 조금만 시간을 주면 몇 사람 친척들 돈을 끌어모아보겠다며 하나만 남겨둘 수 없냐고 말간 눈으로 애원했다. 벌써 다 나갔습니다. 남은 게 있을 때였지만 그렇게 말했다.

아버지는 펼쳐진 파일 대신 책상 왼쪽 모서리에 놓인 내선용 전화기를 한동안 쳐다보았다. 공기정화기의 부드러운 소음만이 한동안 실내를 흘러다녔다. 아버지는 문득 일어나 문 쪽으로 걸어갔고 김변호사가 재빨리 앞서서 문을 열었다. 문 앞에서 아버지는 한층 온화해진 얼굴로 김변호사를 바라보았다.

"보험은, 들어났던가?"

김변호사는 대답 대신 고개를 깊이 숙였다. 나가기 전 영도는 태원을 짧게 쳐다보았다. 한 번의 쳐다봄으로 한나절은 사람을 우울하게 만들 수 있는 눈빛이었다.

*

"아아아아악!"

히치콕의 영화에서나 들릴 법한 길고 낭랑한 비명소리. 참 지치지도 않아. 정모는 보낸 사람의 이름을 확인해가며 뜯고 있던 책 박스의 테이프를 뭉쳐 쓰레기봉투에 넣고서야 느릿느릿 걸어 옆 창고로 갔다. 그래도 사흘 동안 많이 적응한 것 같다. 처음엔 한 시간이 멀다 하고 괴성과 울음이 교차하는 납량 특집을 찍고 있더니. 처음 들었을 땐 듣는 정모가 더 놀랐다. 녹슨 못에 발이라도 찢어졌나 싶어 달려갔더니 손가락으로 가리키는 바닥에, 갯강구 한 마리가 평화롭게 맴돌고 있었다. 요즘은 대체로 걸어가거나 아주 바쁠 땐 못 들은 척하기도 했다. 창고에 들어가보니 역시나 소풍 나온 갯강구 두 마리가 제 갈 길을 가고 있었다.

"제가 간이 작은 사람이 아니에요."

"그건 나도 안다. 크기가 심해 상어 수준이지."

무슨 소린지 다 안다는 듯 샐쭉해진다.

"근데 다리 너무 많은 거랑 하나도 없는 건 적응이 안 돼요."

"얘들은 네 비명소리가 얼마나 무섭겠니. 책 박스는 산더민데 이렇게 불러대면 어느 세월에 정리를 하나."

"죄송해요. 소리 안 지를 테니 앞으론 제 숨소리가 혹 안 들리면 들여다봐주세요."

듣는 사람 죄책감 들게 하는 콩쥐 화법에 번번이 당한다. 걔가 어찌나 말이 좋은지 저 사고 친 것도 지구온난화 때문이라고 설득할 애야. 무슨 말을 해도 적당히 새겨들어. 애를 보내놓고 통화를 하면서 연수는 그렇게 당부를 했다. 처음엔 얘가 개 맞아? 싶더니.

어쨌거나 그날 새벽 놀란 걸 생각하면 지금도 머리카락이 곤두선다. 제가 저질러놓고는 저도 충격이 컸는지 한 이틀 죽은 놈처럼 내리 잤다. 오후에 들어왔더니 애가 보이지 않았다. 놀라서 바닷가로 달려나갔는데 해식애 너머에서 걸어오는 게 보였다. 절 찾아 나선 줄 알면서도 사부작사부작 걸어왔다. 가까이 오길 기다려 얼굴을 보는 순간, 뾰족하던 마음이 탁 풀어졌다. 아무 말 없이 옆을 스쳐 걷는 녀석의 뒤를 따라 돌아왔다. 맨발이었다. 마음 같아선 코뚜레를 꿰어 묶어놓고 싶었지만 집에 혼자 두기엔 영 불안해 소금 창고로 데려와서 잡무를 보는 책상 한 귀퉁이에 앉혀두었다. 관상을 보아하니 책 속에 파묻어놔도 글 한 줄 안 읽을 것 같았지만 몇 권을 골라서 앞에 놓아주었다.

갯골을 따라 길게 늘어선 소금 창고는 멀리서 보면 총총 붙어 있는 것 같아도 실제로는 간격이 꽤 되었다. 동선을 생각하며 움직이려 해도 하다보면 같은 곳을 몇 번 오가게 되었다. 창고들의 벽엔 책꽂이만 일단 넣어놓은 상태로 내부 공사가 완전히 마무리되기 전이었다. 여기저기서 보내온 책 박스들이 쌓이다보니 공간이 점점 좁아졌다. 창고별로 큰 분류만 해놓고는 박스를 풀어 다시 창고 번호를 붙여놓은 박스에 분류했다 옮겨야 하는 형편이었다. 여기 나오기만 하면 하루가 어떻게 지나가는지 모를 지경이었다. 처음 여기 데리고 나온 날, 등뒤로 슬그머니 다가와 조그맣게 물었다.

얘기, 안 하실 거죠?

얼결에 눈이 맞으니 우선 기가 막혔다.

나는 네 엄마에게 여기서의 너의 일상에 대해 간략한 보고를 할 의무가 있다. 의무라기보다는, 내 책임의 테두리를 정하는 거겠지.

우발적인 일이었어요. 그냥, 잠을 잘 수가 없었어요. 머릿속이 점점 더 또렷해지는데, 도저히 누워 있을 수가 없었어요. 바람 좀 쐬고 싶어 서 있었는데 파도에 휩쓸린 거예요.

나도 그렇게 믿고 싶다. 하지만 지금은 내가 네 보호자니까. 네 엄마한테 보고할 의무가 있는 거지.

뭐라고 하실 건데요?

그건 네가 제일 잘 알 텐데? 새벽 다섯시에 바다로 걸어들어 갔다고. 제 발로 돌아나올 의도는 없었던 것으로 보인다고. 이의 있니?

이번엔 진짜 저를 병원에 보낼지도 몰라요.

이번이라니. 처음이 아니란 말이냐?

그러니까 그때나 지금이나, 오해라니깐요?

싸늘한 낯빛을 했더니 썰물 놓친 해파리처럼 퉁퉁 부어서는 말도 섞기 싫다는 듯 종일 이어폰을 꽂고 있었다. 그러고 있는데 오후에 연수가 전화를 했다. 전화를 받자 연수는 다짜고짜 물었다. 정모야. 혹시 교토에 아는 사람 있어? 언론 쪽이나 문화계 일 하는. 글쎄, ……없는 것 같은데? 말끝을 흐리자 그렇구나, 알았어, 하고는 끊어버렸다. 아무리 경황없어도 그렇지. 애를 보내놓고는 전화 한 통이 없더니. 이우는 등을 돌리고 앉아 어디서 찾아냈는지 만화를 보고 있었다. 실내는 조용했다. 세세한 내용이야 안 들리겠지만 음색은 알아차릴 만큼의 거리였다. 정모는 얼른 바깥으로 걸어나오며 혼잣말을 했다. 응, 여기 있었는데, 안 보이네. 산책 나갔나봐. 잘 지내. 밥도 잘 먹고, 그럼, 별일 없지. ……알았어. 전해줄게. 팔자에 없는 연기까지. 화가 났지만 안으로 들어오며 말했다. 엄마야. 궁금해서 전화했대. 대답 없이 등이 불규칙하게 오르내렸다. 화가 난 건가, 우는 건가. 무르춤하니 돌아서는데 벌떡 일어나 달려와서는 어린아이처럼 정모의 목을 끌어안았다. 턱에 이마가 와닿았다. 그러고는 쑥스러운지 얼른 손을 풀었다. 비 맞은 꽃잎이 들러붙은 듯 낯선 이물감. 축축하고도 애잔한 기운이 남았다. 색색깔의 머리카락 때문인지 안색은 유난히 창백했다. 오른쪽 눈썹 위쪽이 으깬 팥을 문질러놓은 듯 검붉었다. 흉이 지면 어떡하나. 연고라도 하나 사올까. 오후 배로라도 다녀와야 될라나? 참 애를 먹인다, 무자식 상팔자라더니. 짧은 순간에 별생각이 스쳤다. 눈치는 빨라서, 머리카락으로 이마를 가리며 빈 코를 훌쩍, 했다.

그 일을 얘기했으면, 과연 연수가 당장 달려왔을까. 억하심정이 들었지만, 어쨌거나 말문이 열린 건 그날부터다.

저로선 빚진 마음 같은 건지, 심심해서인지 뜻밖에 창고에 자주 나왔다. 일을 하긴 하는데 열성을 갖고 달려들진 않았다. 그렇다고 아주 건성도 아니고. 그냥 책이 든 박스를 풀고 책을 한 권씩 집어들어 뒤적이거나 한 페이지쯤 읽다가 바닥에 죽 늘어놓은 박스 중 하나에 가져다두었다. 가끔은 집어든 책을 책상에 가져가 볼 때도 있었다. 슬쩍 넘겨다보면 대체로 만화였다. 도대체 어떤 녀석이 만화를 몇 박스나 보낸 거야. 애매한 책이 있으면 이건 어떻게 할까, 물어볼 법도 한데 한 번도 묻지 않았다. 박스를 슬쩍 뒤적거려보면 대체로 맞게 분류가 되어 있었다. 갯지렁이처럼 움직이는 것 같아도 빈 박스는 생각보다 빨리 창고 바깥으로 던져지곤 했다. 기분이 내키면 분류가 끝난 박스를 카트에 실어 붙여놓은 숫자와 일치하는 창고로 옮겨놓기도 했다. 책 박스는 보기보다 무거워서 판도가 틈틈이 와서 하던 일이었다.

유월이 되면서 염전 일이 바빠져 아무래도 자주 나오진 못했다.

"책 좋아하나보다. 정리를 아주 잘하네."

"좋아하지 않아요. 좋아하지 않으니 객관적으로 보는 거죠."

말은 그렇게 해도 가끔 보면 이상한 집중력으로 매달릴 때도 있었다. 눈의 바깥쪽을 가린 사람처럼. 이렇게, 다족류나 환형동물이 등장하여 집중력을 흩트릴 때 외엔.

창고 구석구석까지 살펴 수상한 놈들을 모조리 바깥으로 집어던지고는 밖으로 나왔다. 여름. 파란 하늘에 하얀 뭉게구름. 어느새 훌쩍 자란 삘기의 온몸이 흔들린다. 보이지 않는 무언가가 재빨리 달려가는 것처럼 보인다. 둔덕 아래 펄엔 나문재와 퉁퉁마디들이 보드랍게 술렁인다. 정모는 매일 보아도 느닷없는 그 풍경에 눈을 주고는 한동안 서 있었다. 이 정도 럭스에선 눈 옆에 드리운 커튼 자락이 슬그머니 사라진다.

처음 여기 내려왔을 때는 무언가를 하리라는 구체적인 계획 같은 건 없었다. 그냥 도망칠 장소가 필요했다. 여기가 떠올랐다기보다는 달리 가 있을 만한 데가 없었다. 와보니 하루가 끝이 없었다. 모래톱을 따라 해안의 끝까지 맨발로 걷기도 했고 고샅길에서 이어지는 산길을 따라 섬의 반대편까지 갔다 돌아오기도 했다. 어릴 적, 눈을 감고도 달려 내려올 만큼 익숙했던 산모퉁이 길들이 군데군데 포장이 되고 조금씩 넓어졌을 뿐 크게 달라진 건 없는데도 처음엔 섬이 작아진 듯했다. 길을 읽는 건 눈이 아니라 몸인가. 그렇게 한 일 년을 지병 있는 노인처럼 지냈다. 아무런 계획 없이. 바람이 심하게 부는 날은 모래 언덕 위에 앉아 거대한 물고기의 이빨처럼 하얗게 덤벼드는 파도를 바라보며 하루를 보내기도 했다. 떠나온 도시가 아득해진 것 같다가도 소음과 번잡에 중독된 내면이 있었는지 첫여름은 배를 타고 M시에 자주 나갔다. 고등학교를 다닌 그곳 역시 그때보다 훨씬 작아진 것 같았다. 재개발로 옛 흔적을 찾아볼 길 없는 곳과 그때와 조금도 달라지지 않은 곳이 뒤섞여 있었다. 정모 자신처럼. 바다쪽으로 흘러내리듯 펼쳐진, 쇠락한 공단의 흔적이 여전히 남아 있는 골목 사이를 느리게 걷다가 낯익은 풍경과 마주치기도 했다. 적산가옥의 담 너머로 솟아 있던 비파나무나 석류나무들이 오랜만에 마주친 그 시절 친구처럼 느른히 나이들어가는 모습 앞에 걸음을 멈추고 한동안 서 있기도 했다. 친구들과 몰려와 가지를 세차게 흔들어 떨어진 열매를 주워 달아나던 골목들도 노인처럼 몸피가 줄어 있었다. 어느 곳을 가도 축축하게 감겨오던 갯내는 여전하여 두 개의 시간을 오가는 느낌이 더 저릿했다. 그땐 몰랐다. 갓 잡은 학꽁치 뱃속처럼 투명하다 못해 비밀이라곤 없는 섬에서 자란 자신이 매혹된 것은 이 도시의 익명성이란 걸.

추억이라든가, 그런 걸 찾아다닌 건 아니다. 여기서의 삶이 힘들었다는 건 오히려 이곳을 떠나고 나이가 든 후에야 뒤늦게 깨달았다. 그냥, 어디든 지치도록 쏘다니질 않으면 잠을 잘 수가 없었다. 등고선이 완만한 섬의 아래 자락이 바다 쪽으로 넓게 펼쳐진 염전으로 나간 날이었다. 끝이 보이지 않게 펼쳐진 염전은 겨울잠에 들어 있었다. 춥진 않았으나 바람이 거세 귓바퀴가 아릿했다. 붉고 노랗게 물든 채 빳빳이 말라 있는 염생식물들이 바람에 흔들리고 있는 갯벌 사이 둔덕으로 올라섰다. 초입에선 아득해 보이지만 완만하게 왼쪽으로 휘어지는 둔덕을 따라 끝까지 걸어가는 데는 이십 분 남짓 걸렸다. 길을 따라 띄엄띄엄 서 있는 소금 창고 숫자는 세지 않아도 기억에 남아 있었다. 끝까지 걸어가면 바닷속까지 연결될 것처럼 보이지만 마지막 소금 창고에서 바다까지는 실제론 꽤 떨어져 있다는 사실도. 맞바람을 맞으며 한동안 서서 바다를 바라보았다. 지주식 김을 키우는 검은 장대들이 창처럼 꽂혀 있었다. 대체로 무채색의 겨울 바다가 제 속의 어느 지점에 와닿았다. 되돌아오며 창고 문을 열어보았다. 잠겨 있진 않았다. 문은, 오히려 기억 속에서보다 약간 더 무겁고 저항하는 것처럼 느껴졌다. 그건 정모의 내면에 있는 저항의 계수와 비슷했다. 안쪽은 텅 비어 있었다. 도로 쪽에 새로 지은 소금 저장고를 본 기억이 났다. 속절없이 삭아내리는 듯한 겉

모습과 달리 안쪽은 짱짱했다. 허물어뜨릴 수 없는 어떤 응축된 기운이 느껴졌다. 창고의 내부는 기억 속 크기와 그리 다르지 않았다. 문을 닫고 들어가 걸어보았다. 키 높이로 소금이 쌓여 있을 때보다 오히려 넓게 느껴졌다. 안쪽 역시 검은 칠이 되어 있어 바깥보다 훌쩍 어두웠지만 눈은 어둠에 부드럽게 적응했다. 천장 쪽에서 간지러운 기운이 사물사물 흘러내렸다. 위를 올려다보았다. 위쪽, 천장과 벽이 만나는 곳에 널빤지 하나가 떨어져나간 틈으로 스며든 빛이 여리게 풀어졌다. 한 시절 익숙했던 공간이 정모에게 무어라 말을 하는 것 같았다. 시간도 중력도 없는 장소에 서 있는 느낌이었다. 여기 들어오면, 몸의 어딘가가 아프리라 여겼는데.

벽에 등을 기대고 서서 공간을 쳐다보았다. 빛의 산란 같기도 하고 먼지 같기도 한 자잘한 입자들의 운행 너머 나무 선반이 있고 그 선반을 책들이 채우고 있는 풍경이 보였다. 듬성듬성 벽면이 보일 만큼. 왜 그런 백일몽이 떠올랐는지 알 수 없었다. 내려오기 전부터 정모는 의식적으로 책을 멀리하고 있었다. 읽기는커녕 곁에 두지도 않았다. 신경증적인 데가 있었다. 하지만 그 백일몽은 단숨에 정모를 사로잡았다.

그렇게 쏘다니면서도, 무언가 일을 해야 한다는 막연한 생각을 하고 있긴 했다. 그게 무언지는 몰랐다. 정모는 자신에겐 두

번의 죽음이 남았다고 생각했다. 그러니까 감각의 죽음. 눈앞에 엄연히 존재하는 세상을 볼 수 없는. 그리고 생물학적인 죽음. 사실은 첫번째가 더 두려웠고 첫 죽음의 뒤가 더 불가해했다. 그러니까 일이라기보다는, 그 불가해한 세계를 잊고 지낼 수 있도록 해주는 일이 필요했다.

소금 창고의 소유주가 누구인지는 알고 있었다. 그사이 바뀌진 않았을 터. 섬에서 태원의 연락처를 알아내는 건 쉬운 일이었다. 쉬울 줄 알면서도 돌아온 후로 한 번도 연락하지 않았다. 전화를 해서 한번 보자 했더니 용건도 묻지 않고 태원은 M시에 있는 일식집 이름을 얘기했다. 하긴 점심 한끼에 용건을 내세울 사이는 아니었다. 한 시절엔 하루도 못 보고 지나는 날이 없었으니.

늦지 않았는데도 태원은 먼저 와 있었고 혼자 사케를 마시고 있었다. 서울에서 하던 사업을 정리하고 다시 내려온 게 삼 년 전이라며 태원은 제 얘기는 더 하지 않았다. 부자간의 일에 대해선 다양한 버전으로 섬까지 소문이 무성했지만 어쨌거나 영도의 유일한 후계자였고 지엽적인 부분은 태원이 관리하는 걸로 알려져 있었다. 제가 왜 내려오게 되었는지는 얘기하지 않았다. 여러 가지로 너무 지친 터라 한동안은 쉬겠다는 마음으로 내려왔다, 그렇게만 얘기했다. 태원이 그 마음 안다는 듯 고개를 두어 번 끄덕였다.

여기 소금 창고, 그냥 그렇게 둘 건가?

창고. 글쎄.

태원이 코를 찡그렸다.

그게 적극적으로 투자하기엔 마땅한 수익 모델이 없어. 요샌 환경법이 세. 여러 가지 조례로 묶어서 내 건물이라도 헐고 새로 짓기도 어렵고.

비워놓을 거면 백 년만 임대해라.

백 년? 뭘 하려고? 좋은 아이템이라도 있어?

도서관을 만들까, 해. 우연히 그 안엘 들어가보았는데, 뭐랄까, 묘한 기운이 있더라고.

태원이 훗 웃었다.

근데, 임대료는 못 준다. 어때?

그러지 뭐. 비워놓은 거 사람 손길 안 가면 삭아내리기나 하겠지.

태원이 별 관심 없다는 듯 그랬다.

아버님은, 건강하신가? 에둘러 물어보았다. 정모로선 그래도 영도의 허락을 받아야 하는 게 아닌가 싶어 물어본 셈이다.

너무 건강하지.

불쑥 그러고는 정모를 쳐다보는 오른쪽 입꼬리가 살짝 비틀렸다.

……사람은 다 죽는다. 그 자명한 사실에 대해 아버지는 생각이 좀 다른 것 같아. 사람은 다 죽는다, 하지만 난 죽지 않는다.

가족으로 지내기에 쉬운 캐릭터는 아니지. 속으로만 생각했는데 눈치는 빨해서 입을 삐죽했다.

내가, 그 정도 재량은 있어. 근데 배보다 배꼽이 커질 수 있어. 작은 공사 하나라도 거기선 쉽지가 않아. 비용도 시간도 육지보다 서너 배는 더 잡아야 돼. 접근성도 그렇고. 차라리 새로 짓는 게 싸게 먹힐 수가 있어.

그건 내가 알아서 할게. 가능한 한 원형은 손대지 않을 생각이야.

태원은 아버지와 같이 일하는 게 재미없는 모양이었다. 일 얘기 안 했다. 낮술을 제법 마셨다. 술을 마시면서 지난겨울에 있었던 북극곰 수영 대회 얘기를 했다. 뜬금없다고 생각하다가, 얘가 여기서 마음을 못 붙이는구나 싶었다. 하긴 갯벌 위의 도서관이나 북극곰 수영 대회나 옆에서 보면 그게 그거일지도. 해마다 열려. 외국인들도 참가하지. 소규모 마라톤 대회 같아. 모래톱에 사람들이 떼 지어 몰려서 있다 신호에 맞추어 바다로 뛰어들거든. 그 순간엔 몸속에 전류가 흐르는 것 같아. 넌 분명히 웃겠지만 물속에 푹 잠겨 있으면 몸이 폭발해버리는 것 같아. 그 느낌이 좋아. 정모는 웃지 않았다.

태원은 이후로도 거의 무심했다. 한번 와볼 법도 한데. 정모도 그렇게만 생각했다.

내부 수리는 생각보다 까다롭고 오래 걸렸다. 소금과 황토를 섞어 바닥을 메우고 마루는 새로 깔았다. 벽과 천장에 옻칠을 하는 데는 시간도 비용도 만만찮게 들었다. 마무리 수순에 접어들었을 때, 이만한 부탁은 해도 되지 싶은 몇 친구들에게 메일을 보냈다.

……내 태생지로 돌아왔네. 나로서도 예상치 못한 일이네. 더하여 예상치 못한 일을 벌이고 있다네. 무언가로 채워지길 기다리는 공간을 발견했네. 어릴 때부터 늘상 보아오던 곳이니 발견인 셈이지. 이곳에 세상에서 하나뿐인 도서관을 만들어보려 해. 마지막엔 어떤 모습이 될지는 나 역시, 아직은 모르겠네. 너무나도 아름다울 거라는 사실 외엔. 이건 장담할 수 있네. 갖고 있는 책도 좋고 이웃의 책도 괜찮네. 새책이든 헌책이든 사서 보내도 사양하진 않겠네. 이 도서관이 정확히 어떤 사람들을 위한 것인지는 아직 모르겠네. 여기 사람들일 수도, 이곳을 우연히 지나는 사람들일 수도, 혹은 나 자신일 수도. ……어설프게나마 모습을 갖추게 되면, 그 책들과 인사라도 나누어볼 수 있는 자리를 만들겠네.

메일을 받은 이들은 도서관보다는 정모의 갑작스런 귀향의 까닭을 더 궁금해했다. 정모는 그건 차차 알게 될 거라고만 말했다.

반응 속도와 내용은 제각각이었는데 그게 평소 성격과 너무 닮아서 혼자 웃곤 했다. 평생 조용한 삶을 산 사람들은 죽음 앞에서도 조용하고 떠들썩하게 살아온 사람들은 제 죽음 앞에서조차 여전히 소란하다더니. 기다렸다는 듯 무질서한 목록의 책들을 몇 박스 보내고는 이렇다저렇다 말이 없는 친구. 재활용품으로 내놓은 지 오래, 요즘은 신문도 안 읽어, 하며 우편환을 보낸 친구. 이걸 꽂아놓아도 될까 망설여지는 책들을 보낸 친구도 있었다. 헌법이나 행정법 책은 그나마 낫다는 생각이 들었다. 수학이나 물리학 전공 서적에 비하면. 몇 년 동안의 베스트셀러를 인터넷 서점에서 주문해 배송지를 아예 이곳으로 해서 보낸 친구도 있었다. 동창 하나는 아이들 방 책꽂이를 털었다며 유아동용 전집과 청소년 도서, 학습서 같은 걸 몇 박스나 챙겨 보냈다. 책은 없지만 책상을 협찬하겠다는 후배도 있었고 아무 연락이 없는 친구도 물론 있었다.

공무원인 친구 하나는 책도 별로 없고 챙겨 보낼 경황도 없다며, 조언을 했다. 요즘 그런 사업엔 국가에서 지원금을 주기도 하던데 한번 알아봐. 보이지도 않는 구멍으로 돈이 빠져나갈 텐데. 정모도 알고 있었다. 갯골로 빠져나가는 썰물처럼 나가는 게

빤히 보이는 지출도 있었고 도대체 어디 썼나 싶게 사라지는 돈
도 있었다. 그렇긴 해도 정모는 어디 얽매이지 않고 제 하고 싶
은 대로 자유롭게 진행하고 싶은 마음이 컸다. 성장기 정모의 형
편을 아는 친구들은, 그걸 콤플렉스와 트라우마로 정의할 것이
었다. 마음 쓰진 않았다.

　소금 창고는 바람이 지나는 길에 있다. 바람을 맞으며 정모는
바닷가 마지막 소금 창고까지 천천히 걸어갔다. 둔덕이 사라지
면서 몽돌밭이 바다까지 이어진다. 거의 매일 이곳으로 오지만
풍경은 매번 달라진다. 문득 뒤를 돌아보면 내가 걸어오지 않았
던 또다른 풍경이 보인다. 애잔하게 나부끼는 삘기, 하늘, 바다,
섬과 섬, 섬 뒤의 섬. 정모에게 이것들은 풍경도 색채도 아닌 시
간이다. 언젠가 이 시간은 멈출 것이다. 그때도 바람은 남아 있
을 것이다. 자글자글 몽돌이 파도에 쓸리는 소리 역시.
　정모는 눈을 감고 바람이 실어온 냄새를 깊이 들이마셨다.
여름이 끝날 무렵이면 저 아이는 떠날 것이고 소금 창고 도서
관도 문을 열겠지. 그다음엔. 그다음의 일은, 그때 생각하면 될
것이다.

*

　내게 실제 일어난 일은 거의 없고 나는 많은 일들을 읽었을 뿐입니다. ……아니, 기억할 가치가 있는 일은 실제 인생에선 거의 일어나지 않았습니다……

　물구나무를 선 채 책을 읽던 판도는 이 구절을 두 번 읽었다. 그러고는 팔을 늘어뜨린 채 창밖을 바라보았다. 오늘 바다는 유난히 고요하다. 허공에 걸린 바다를 바라보며 막 읽은 구절을 소리내어 말해보았다. 내게 실제 일어난 일은 거의 없고 나는 많은 일들을 읽었을 뿐입니다…… 판도는 이런 순간이 좋다. 마치 누군가가 나 대신 써놓은 일기장을 우연히 집어든 듯한. 그냥 읽어나가다 어떤 한 문장에 붙들려, 그 문장의 무엇에 붙들렸는지도 알 수 없는 채로 몇 번이나 다시 읽게 되는.

　자신에 대해 생각해보면 그랬다. 여태 살아오면서 제 인생에 의미 있는 일은 하나도 없었다. 토막난 기억들은 실제 있었던 일인지 아니면 기억의 오류인지 알 수 없었다. 기억 속 일들도 그야말로 기억할 만한 가치가 있는 건 하나도 없었다.

　글자를 읽고 있었을 뿐, 절반 넘게 내용을 이해할 수 없는 책이었다. 그나마 양호한 편이다. 끝까지 읽어도 거의 이해할 수 없는 책이 많았다. 그래도 일단 창고에서 들고 온 책은 다 읽었다. 그게 판도의 방식이었다. 이해할 수 없어도 다 읽는다는 것. 정모 아저씨의 책들은 판도의 학교였다. 초등학교를 끝으로 공부는 그만이었다. 아저씨를 만나기 전엔 세상엔 자신이 모르는 세계도 있다는 사실 자체를 몰랐다. 아저씨는 재작년, 오랫동안 비어 있던 마을 안쪽의 집으로 들어왔다. 귀신이 산다는 소문이 난 폐가였다. 오래전 섬을 떠나기 전에 그 집에 살았다 한다. 지붕과 벽, 떨어져나간 문 안쪽까지 넝쿨이 파고들어가 사람 사는 집 꼴을 갖출까 싶더니 인부 한 명 데리고 한 달 넘게 매달려서는 살 만하게 가꾸어놓았다. 마을엔 그보다 번듯한 빈집도 여럿이었는데 굳이 헛돈을 쓴다고 동네 사람들은 한마디씩 했다. 이삐 할미는, 뭐에 썼거라고, 혀를 찼다. 서울 사람들은 어딜 가도 꼭 돈지랄을 한다며 한 해를 버티면 손에 장을 지지겠다는 소리까지 했다.

　오가며 몇 번 마주친 후론, 길에서 볼 때마다 아저씨는 먼저 아는 척을 했다. 안녕! 나이는 들었지만 고생이라곤 모르고 자란 얼굴이었다. 모르는 척할 수가 없어 고개를 살짝 숙이고는 지나치곤 했다. 같이 배를 타고 들어오게 된 날, 아저씨는 판도 옆에 와서 앉았다. 판도야. 언제 우리집에 놀러와. 누가 이름을 가르쳐주었을까. 하긴 섬에선 누구네 집 젓가락 숫자까지 모르는 사람이 없으니 판도가 말을 못한다는 사실은 진즉 알고 있을 것이었다. 그랬다고 당장 놀러간 건 아니다. 이삐 할미가 얼갈이김치를 한 통 담가주었다. 여름엔 여자들도 한끼가 무서운디 사내 혼자 뭘 먹고 사는지 모르겄다. 이거 좀 갖다주고 와라. 김치통을 받아든 아저씨는 싱크대에서 뭘 챙겨서 비닐에 담아주었다. 할머니 갖다드려라. 담배 한 보루와 사탕이 들어 있었다. 잠깐만, 하고는 방으로 들어가더니 책을 세 권 들고 나왔다. 책이 많으니 다 읽고 나면 또 가지러 와. 받아오긴 했지만, 그걸 읽는 일도, 다시 빌리러 오는 일도 없을 거라 생각했다. 중학교도 못 갔다는 걸 또 누구한테 들었을까. 이삐 할미도 참. 받아와 배에다 던져두었는데 어쩌다보니 세 권을 다 읽었다. 읽고 나서야 깨달았다. 그 책들을 골라놓고 판도를 기다리고 있었다는 걸.

그 책 안에 판도의 세계가 다 있었다. 그림과 사진이 많은 책들이었다. 판도가 바닷속에서 만나는 물고기들의 이야기였다. 책을 쓴 사람은 오래전 이곳으로 유배를 온 사람이라 했다. 다 알고 있는 물고기보다는 공부하는 사람이 왜 물고기를 들여다보게 되었을까가 더 궁금했다. 판이 넓고 두꺼운 책 하나엔 판도가 늘 마주치는 식물들의 사진이 실려 있었다. 실물보다 색이 칙칙했지만 그것들의 이름과 사진을 맞추어보는 재미가 있었다. 칠면초와 갯메꽃과 세발나물은 알고 있었지만 통통마디가 함초라는 건 처음 알았다. 함초나 나문재 같은 갯벌의 풀들은 소금에

절인 배추처럼 되지 않기 위해 제 몸의 염도를 바닷물보다 높게
유지한다는 것도 그 그림책을 통해 알게 되었다. 머릿속 한구석
에 등이 켜진 것처럼 환한 느낌이 들었다. 그 책들을 돌려주러
갔을 때 아저씨는 또 세 권의 책을 주었다. 그중 하나는 왜 그 아
저씨가 여기 와서 물고기를 자세히 들여다보게 되었는지 알게
해주었다. 『표해시말』이라는 책도 재미있었다. 흑산도 근방에서
홍어 장사를 하던 문순득이란 옛사람이 풍랑을 만나 오키나와와
필리핀과 중국까지 떠돈 이야기였다. 글자를 모르는 그를 대신
해 누군가 받아적은 글이었는데 그 누군가가 바로 물고기 책을
쓴 사람이었다. 우럭조개 한 소쿠리를 담아들고 다섯번째 책을
빌리러 갔던 밤에, 아저씨는 그랬다. 다음엔 가방을 하나 들고
와. 그리고 네가 직접 골라 가. 내가 없을 때 와도 상관없어. 응?
　아저씨는 판도 코앞에 얼굴을 들이대고 그렇게 말했다. 불쌍
했던 걸까. 책을 빌리러 가기 전, 할머니 부엌을 뒤져 아주 큰 비
닐봉지를 하나 찾았다. 그걸 들고 들어가자 아저씨가 웃었다. 작
은 게 없어서…… 손 모양으로 그렇게 변명을 했다. 아저씨는
또 웃었다. 왜 웃는지 알 수 없었다. 여기다 한가득 담으면……
찢어지잖아. 책을 비닐봉지에 가득 채워본 적이 없어 찢어진다
는 생각도 하지 못했다. 아저씨는 노끈 뭉치와 가위를 들고 와
비닐봉지에 손잡이를 달아주었다. 배로 돌아오면 책을 읽는 게

습관이 되었다기보다는, 달리 할 일이 없었다. 처음엔 이 책 저 책 뒤적이며 골랐지만 언제부턴가 그냥 열 권씩을 들고 왔다. 자신이 책을 고를 수 있는 사람이 못 된다는 걸 깨달은 순간이 아니라 무심하게 집어든 책에서 더 많은 길들을 발견한 후부터는.

한 줄도 이해할 수 없는 책도 끝까지 읽었다. 그렇게 다 읽고 나면, 겨울 바다에 풍덩 뛰어들어 헤엄치고 나온 듯한 기이한 쾌감이 있었다. 소금 창고에서 서가 앞을 천천히 걸어다니는 것도 좋았다. 그곳은 책의 미로였다. 한 권을 읽다보면 다른 책으로 연결되곤 했다. 책 좋아하면 가난하게 된다. 이삐 할미는 눈을 흘겼지만 상관없었다. 할미는 왜 가난한데. 그렇게 읽어댔지만 똑똑해졌다고는 생각지 않는다. 다만 세계가 얼마나 넓고 깊으며 알 수 없는 것들로 이루어진 곳인지 어렴풋이 알았을 뿐이다. 판도는 좀 전에 읽었던 부분을 다시 읽어보았다. 내게 실제 일어난 일은 거의 없고 나는 많은 일들을 읽었을 뿐입니다. ……아니, 기억할 가치가 있는 일은 실제 인생에선 거의 일어나지 않았습니다…… 다른 사람들도 그러한가.

무심코 바깥을 내다보다 판도는 놀라서 하마터면 떨어질 뻔했다. 입술이 눈앞에 붙어 있다. 코는 납작 눌려 있어 요란한 머리 색깔이 아니었다면 알아채지 못했을 것이다. 천천히 바닥으로 내려섰다. 저 머리카락은 기억할 가치가 있는 것일까.

*

"내가 여태 누구 이름 부르면서 거부감 느낀 적이 없었는데……"

"미안하다. 이름은 자기가 짓는 건 아니잖아."

"아저씨가 미안할 건 없지. 근데 그거 자기가 지은 이름 같아."

"그런가? 그러네."

한집에 사는 것도 아닌데 할머니는 여간 성가신 게 아니다. 노크도 없이 문을 벌컥 열고 들어와선 미라가 된 지 오래인 생선 서너 마리를 던져놓고 가거나 외계 생물체처럼 생긴 것들로 끓인 국 같은 걸 들고는 수시로 들이닥쳤다. 그걸 먹으면 죽지도 늙지도 않는단다. 지금도 막 들이닥쳐 국을 두고 갔다. 생김 뜯어 끓인 거야. 어디 가도 이런 국 못 먹는다. 생색 대마왕. 국은 짰다.

"근데 뭐 하는 사람이야?"

"그러니까, 공연예술 쪽 일을 한동안…… 요즘은 쉬고 있지만."

"공연! 전혀 그렇게 안 보이는데?"

아저씨는 조그맣게 말했다.

"뭐, 그런 게 있어."

어제 오후엔 혼자 있는데 문을 벌컥 열고 들어와 손에 쥐고 있던 손수건을 펼치더니 원래는 하얀색으로 짐작되는 떡 여섯 개 중 세 개를 이우 손에 쥐여주었다. 들고 있었더니 어여 먹어, 했다. 나중에 먹을게요, 배가 안 고파요, 버텨보았지만 먹는 걸 보고야 말겠다는 결의에 찬 표정을 보니 빠져나갈 구멍이 없었다. 정체불명의 이물질이 잔뜩 붙어 있는 걸 씹고 있자니 입에서 뱅뱅 돌기만 하고 어찌나 화가 나던지.

눈치는 귀신같이 빨라서 반갑잖은 기색을 조금이라도 알아채면 쩽한 목소리로 그랬다. 왜 또 꼬라지를 부리고 앉았냐? 제일 괴로운 건 새벽에 불쑥 들어와 자는 사람 깨우는 일이었다.

너무 예의가 없는 거 아니에요? 아침만 해도 남의 집을 방문할 시간은 아니잖아요?

여기 사람들은, 햇살이 똥구멍을 찌를 때까지 누워 있는 걸 이해하지 못해. 그쪽에서 보면 네가 많이 이상한 거야.

"공연이면, 춤추는 사람이야?"

살랑살랑 걷는 발걸음이 허공을 딛는 것처럼 가벼워 해본 말인데 아저씬 눈을 동그랗게 떴다.

"어떻게 알았어?"

"그냥 느낌이지. 친구들이 그랬어. 학교 앞에 돗자리 깔라고.

춤이라면, 굿 같은 거야?"

아저씨 입에서 막 떠넣은 김국이 푹 쏟아졌다.

"무당이구나! 날 보면 내 과거가 다 보이고 그래? 싫다, 진짜!"

"그렇기야 하겠어. 그냥 일종의 직업이지. 옛날엔 바닷가 삶이란 게 목숨을 물위에 띄워놓는 일이었으니, 마음을 붙들어줄 강렬한 퍼포먼스가 필요했겠지. 요즘은 그나마 굿하는 사람도 없고 은퇴한 셈이지."

"그럼 다행이고."

"켕기는 게 있어? 어린 게 무슨 과거가 있다고. 할미한테 한번 물어볼까? 아니면 네가 먼저 말할래? 가출은 왜 한 건데?"

"뭐 이유가 있겠어요. 열아홉이니까. 한 번쯤 출가를 꿈꿀 나이잖아."

흥. 코웃음을 치며 김이 둥둥 떠 있는 국을 떠먹는 아저씨에게 물어보았다.

"아저씬 이 국이 맛있어?"

"맛이 있다기보다는 다른 반찬이 없잖니?"

그렇구나. 왜 그 생각을 못했지? 무심코 한술 떠넣는데 엄청나게 뜨거웠다. 꿀꺽 삼키고 나자 차라리 뱉어야 했다는 생각이 들었다.

"입천장이랑 식도가 좀 익은 거 같아."

"이런. 김국이 원래 조심해야 돼. 김도 안 나면서 뜨거워."

알면서도 얘기 안 해준 게야, 투덜거리면서도 다시 떠먹게 된다.

"맛이 있는 건 절대 아냐. 근데 중독성이 있어."

아저씨는 흑 웃었다.

할머니가 뭔가 섞은 거 같긴 하다. 마법의 가루 같은 거.

"너, 오늘은 혼자 창고에 나가봐라. 난 약속이 있어서 나갔다가 막배로나 들어올 거야."

"저도 오늘은 쉴래요."

"말이 나왔으니 얘긴데 너 꼭 반항할 때만 존댓말을 쓴다? 나는 괜찮아. 근데 여기 사람들은 좋게 생각하지 않는다."

"그래서 누가 있으면 꼭 존댓말 쓰잖아요."

"그렇긴 한데 듣는 내가 좀 헷갈린다. 두 사람이랑 사는 거 같아서. 하나도 힘들거든. 집에 있으면 뭐하니. 요즘 창고 나가면 일이 끝이 없는데."

"아저씨, 이거 노동 착취예요. 주말도 없이 내내."

"여기 놀러온 건 줄 알았니? 너 유배 온 거야. 할당량 못 채우면 다음주부턴 야근을 해야 될지도 몰라. 뭐 필요한 거 있으면 말해. 사다줄게. 빵? 초콜릿?"

"담배 한 보루만 사다주세요."

이 동네엔 편의점도 하나 없었다. 필요한 게 한두 가지가 아니긴 했다. 입에 달고 살던 탄산수에 스낵. 당장 인공 눈물도 떨어졌고. 그런데 안 넣어도 딱히 눈이 불편한 것도 아니어서 잊고 지냈다. 매일 들르던 편의점에서 뭘 샀었지 싶다. 담배가 피우고 싶다기보다는, 아저씨를 긁어보고 싶었다. 아저씨는 훈계를 하고 싶다는 표정도 없이 대접을 들어 국을 후루룩 마셨다. 연구 대상 캐릭터야. 혼자 있을 때면, 말 너무 섞지 말아야지, 이 아저씨의 본질은 엄마의 첩자다. 다짐하지만 식탁에 마주앉아 밥을 먹을 때면 저도 모르게 별 얘기를 다 하게 된다. 살가움과는 담 쌓은 듯한 아저씨도 농담인지 아닌지 구별이 안 되는 얘기들을 썰렁한 식탁 위에 반찬 대신 늘어놓았다. 김도 안 나면서 뜨거운 이 김국에 진짜 이상한 성분이 들어 있는 건가.

"아, 자전거 하나 사다줘요. 너무 비싸지 않은 걸로."

"자전거라면, 7번 창고에 있어."

"혹시, 녹 때문에 구리 자전거처럼 보이는 그거? 일제강점기 때 일본 놈이 타고 다니다 버리고 간 듯한 그거? 누가 주워다 소금 가마니 싣고 다니다 결국 내다 버린 것 같은 그거?"

"그렇지. 소금 가마니도 싣는데 너 하나 못 싣겠니?"

"모양 빠지게 그걸 어떻게 타요."

"이우야. 이 섬에 혹시 잘 보이고 싶은 사람이라도 있니?"

"그럴 리가요."

"네가 모양 빠지면 기뻐할 사람은?"

"……알았어요. 녹이나 벗겨줘요."

아저씨가 나가고 몇 개 안 되는 그릇들을 씻고 나니 열시가 가까웠다.

벌써 일교시가 끝날 시간이네. 교실 풍경이 문득문득 정지 화면처럼 스치는 순간이 있지만, 거기 있던 시간이 전생처럼 아득하다. 물속에서 숨을 참을 때처럼 종이 울리기만을 기다리고 있다 종이 울리면 선생이야 나가건 말건 책상에 엎드려버렸지. 뭐 그전부터 이미 렘수면 상태였지만. 먼 우주로 날아가 외계인을 만나는 꿈을 꾸기도 했지. 사인과 코사인의 비밀을 들려주는. 오히려 아이들 떠드는 소리 때문에 쉬는 시간엔 잠이 깨곤 했다. 수업을 포기한 후엔 늘 체한 것처럼 가슴이 답답했다.

일등이 서른 명 모이면 거기서 누군가는 삼십등이 될 수밖에 없단 걸 엄마도 모르지 않았겠지. 다만 그게 자기 자식이 아니기를 바란 거지. 입학하고 한 달이 지났을 때 깨달았다. 자신보다 덜 똑똑한 애는 하나도 없었다. 그건 노력으로 바꿀 수 있는 게 아니었다. 엄마도 그걸 깨달았다면 그런 식으로 들볶진 않았겠지. 적어도 태이는 그 문제로 자신을 학대하지 않았다. 그렇게 보였다. 그런 태이와 같이 있는 동안만은, 교실 의자에 앉는 순간 다른 사람의 두 배로 작용하는 중력으로부터 자유로워졌고 힘들여 갈비뼈를 들어올리지 않고도 숨을 쉴 수 있었다.

돌아가고 싶은가. 모르겠다. 처음엔 어떻게 여기서 달아나나, 그 생각만 했는데. 어쩌면 딱딱한 책상과 걸상 틈보다는 이곳의 시간이 빨리 흐르는 것 같기도 하다.

창고에 나가지 않는 날은 바닷가에 나가 앉아 있다 돌아오곤 했다. 그 새벽 이후로 아저씨가 도끼눈을 뜨고 감시할 줄 알았는데 정작 해가 질 때까지 모래 언덕 아래 나앉아 있어도 나와보지도 않았다. 너무 무심한 거 아니에요? 어느 날은 아저씨보다 늦게 들어와 식탁에 앉으며 문득 중얼거렸다. 앞뒤 잘라먹은 그 말이 무슨 뜻인지 아저씨는 귀신같이 알아들었다.

어떤 낙하산 부대원이 쓴 일기를 읽은 적이 있어. 두번째 뛰어내릴 때가 가장 무섭다더군. 출산도 두번째가 더 두렵고 결혼도 그렇대. 네가 재수를 해봤으면 무슨 말인지 이해할 텐데. …… 짠맛 제대로 봤으니 적어도 두 번 들어갈 것 같진 않은데? 사금이 반짝이는 이우의 팔을 쳐다보며 태평하게 하는 소릴 듣고 나니 어째 힘이 빠졌다.

창고에서는 그나마 시간이 빨리 흐르긴 했다. 광택 없는 검은 물감을 처덕처덕 칠해놓은 듯한 창고들은 낡은 기차를 한 량씩 흩어놓은 모양새로 늘어서 있는데 바다 쪽으로 있는 것들은 멀리서 보면 물위에 떠 있는 것처럼 보인다. 밀물 때면 둔덕의 턱까지 바닷물이 차오르기도 했지만 넘치진 않았다.

근사하지 않니?

갯둑에 서서 창고 너머 바다를 그윽이 바라보다 아저씨는 그렇게 혼잣말도 아니고, 물어보는 것도 아닌 말을 불쑥 하고는 했다. 사실 하루 중의 어느 순간이나 마음의 어떤 상태에선, 바다와 하늘과 어울린 검은 실루엣이 꽤나 근사하다고 느낄 때도 있다. 요즘은 이우도 책을 분류하다 싫증이 나면 밖으로 나와 갯둑에 앉아 바다 쪽을 바라보곤 했다.

그냥 앉아만 있었는데도 여러 가지를 알게 되었다. 갯벌에 돋아난 풀들이 한 가지 같아도 가만 보면 모양새와 색깔이 조금씩 다르다는 것, 물은 들어올 때보다 나갈 때 더 재빠르다는 것, 그늘에 앉아 있어도 살이 그을릴 만큼 바닷가 햇살이 강렬하다는 것. 타라락, 혹은 사사삿 소리는 이우가 던진 돌멩이에 놀란 짱뚱어가 달아나는 소리라는 것도. 어떤 날은 책상에 앉아 종일 책만 읽다 돌아오는 날도 있었다. 시간이 한없이 느린 것 같아도 어김없이 저녁은 왔다. 도서관을 만든다는데, 누가 와서 책을 읽을까. 잔뜩 쌓여 있는 책 박스가 어른거리긴 했지만 캔버스 백을 챙겨 들고는 바다 쪽으로 나갔다.

모래 언덕 아래 그늘이 길다. 정오를 지나면 그늘은 해식애 쪽으로 방향을 바꾸다 하오엔 모래 언덕의 옆면에 들러붙는다. 햇살이 따가운 날도 모래 언덕 아래 공기는 기분좋게 서늘해 누워 있기 좋았다. 모래가 시작되는 곳에 슬리퍼를 벗어놓고 모래 언덕 아래쪽 목선까지 천천히 걸어가보았다. 가까이서 보면 배는 훨씬 낡아 보인다. 사납게 벗겨진 페인트 아래 깊이 삭은 나뭇결이 물고기의 뼈처럼 드러나 있다. 아래쪽으로는 따개비들이 다닥다닥 붙어 있다. 말라 죽은 것처럼 보여도 손톱으로 긁어보면 단단하게 붙어 있다. 반대편은 배의 난간이 거의 모래에 묻힐 지경으로 기울었다. 그래도 선창에 끼워진 유리는 금간 데 하나 없다. 배의 앞쪽을 돌아 모래 언덕 아래로 들어와 비닐 매트를 펼치고는 드러누웠다. 그늘 바깥으로 나간 종아리와 발바닥이 누군가 간지럼을 태우듯 사물거린다. 바닷가 햇살은 힘이 세다. 만화책을 읽다 노곤해져 엎드렸다가 잠에 빠져들었다. 눈꺼풀이 환해진 느낌에 눈을 뜨니 아릿하게 부시다. 어느새 그림자는 모래 언덕의 옆면에 짧게 올라붙었다. 아주 가까운 곳에서 갈매기들이 낮게 날고 있었다. 낮게 나는 갈매기들의 몸집이 엄청 커서 놀랐고 배 부분의 깃털이 너무도 희고 매끄러워 보여 놀랐다.

언제나 그렇다. 눈을 뜨면, 옆에서 나란하던 숨결이 멀어진다. 너, 여기 있지? 왼손으로 모래를 한줌 꼭 쥐었다 펼쳐보았다. 노랗고 희고 검고 투명하게 반짝이는 모래 알갱이들이 흘러내린다. 휴대폰을 꺼내 손바닥 사진을 찍었다. 얘가 널 만지고 싶다네, 글자와 함께 손바닥 사진을 보냈다. 딩동, 하는 소리가 주머니 속에서 들린다. 모래 묻은 손바닥으로 배꼽을 문질렀다. 감고 있어도 햇살이 눈을 깊이 찌른다. 눈꼬리를 따라 눈물이 흘러내렸다. 판도는 아직 돌아오지 않았는지 창이 검은 종이처럼 보인다.

골목으로 막 들어서는데 이삐 할미가 사뿐한 걸음걸이로 앞서가는 게 보였다. 부딪치기 싫어 그 자리에서 어정거리는데, 탱자나무 울타리 앞에서 이쪽을 홱 돌아보며 그랬다.

"어딜 가도 둘이 꼭 같이 다닌다?"

어린애 같은 앳된 목소리가 거슬린다. 저도 모르게 뒤를 돌아보았다. 한껏 펼친 붉은 천처럼 너울대던 노을이 한순간 하얗게 빛난 후 불꽃놀이의 뒤끝처럼 무채색으로 흩어지고 있을 뿐인데.

*

만월. 바다 위에 길게 드리운 달빛은 한 마리 거대한 하모 같다. 검고 기름진 등을 부드럽게 꿈틀거리며 밤과 뒤엉키는. 겁도 없지. 그 꿈틀거림 속으로 뛰어든 조그만 몸의 움직임이 바다를 흐트러뜨린다. 판도는 수면에서 눈을 떼지 못하고 숫자를 세기 시작한다. 불안하진 않다. ……여섯, 일곱, 여덟…… 한껏 들이마신 숨을 수면 아래서 어느 시점부터 토해야 하는지, 얼마큼씩 사용해야 하는지, 그 시간을 늘리려면 몸을 어떻게 움직여야 하는지 가르쳐준 이후로 이우는 밤마다 바닷속에 들어갔다. 잠들기 어려운 걸까. 모래톱을 가로지르는 기척이 들리면 창에 코를 붙이고 다시 걸어나올 때까지 지켜보았다. 물가에 서도 한동안은 먼 데를 바라보다 옷을 하나씩 모래에 떨구고는 한 걸음씩 안으로 들어간다. 가슴 살짝 솟구쳤다가는 물속으로 들어가는 순간 한 장으로 된 폭이 긴 천을 펼쳐놓은 듯한 달빛이 출렁 흔들린다. 열넷, 열다섯. 판도가 앞니로 손톱을 깨무는 순간 수면의 팽팽한 장력이 깨진다. 머리를 세차게 흔들면 흩어진 물방울이 제 얼굴에 와닿는 것 같아 판도는 매번 몸을 떨었다. 머리를 쓸어넘기며 걸어나올 때면 알몸이 고스란히 드러난다. 젖은 몸에 옷을 걸쳐 입고 배 앞을 가로질러가면서도 이쪽은 쳐다보지 않는다. 제 방의 문을 닫고 들어갔을 만큼의 시간을 헤아린 후에 판도는 모래밭을 달려 바다로 뛰어들었다. 물의 흐름이 바뀌는 시각이었다. 먼 곳에서 달려온 바닷물은 차고 단단했다. 제 몸이 얼마나 뜨거운 덩어리인지 암녹색 광물 같은 물이 알려주었다. 팔을 몸에 가볍게 붙이고 발끝만으로 더 깊은 곳으로 나아갔다. 움직임을 최소한으로 줄이면 한 번의 들숨으로 구 분가량은 머무를 수 있다. 날숨의 어떤 지점에서, 몸은 깃털처럼 가벼워진다. 물속엔 여전히 어떤 냄새가 남아 있다. 채 익지 않은 무화과의 희끗한 과육을 베어 물었을 때의 비린내를 닮은. 냄새는 몸안으로 스며든다. 허리를 비틀자 몸이 물위로 둥실 떠올랐다. 마른 번개가 먼바다를 때린다. 흰 광선이 잎맥처럼 하늘을 가른다.

언제였던가.

천장이 낮다는 듯 고개를 살짝 기울이며 선실로 들어서던 그 순간인가? 무심한 손길로 손목을 붙든 채, 손바닥에 고, 마, 워, 라고 쓸 때 낡은 배가 활활 타오르는 듯하던 그 순간인가? 모래 언덕의 끝까지 나란히 달려가다 바다에 퍼질러앉아 하늘을 올려다보았을 때, 한껏 기운 해가 수평선에 막 내려앉던 그때인가? 소금 창고에서 왼손으로 턱을 괴고 책을 읽다 고개가 살짝 기울어지며 왼쪽 입가로 침이 약간 흘러내리던 그때인가? 그러다 잠에서 깨어나 바다거북처럼 느리게 눈을 깜박이며 손등으로 입가를 문지르던 그 순간인가?

도무지 이해할 수 없었던 어떤 구절 앞에서 스위치를 올린 것처럼 머릿속이 환해지기 시작한 건.

그녀의 하얀 팔이
내 지평선의 전부였다.

*

"왜 내가 여기서 이런 일을 하고 있어야 되는지 모르겠어."

혼자서 무어라 구시렁대면서도 면장갑을 끼고 책 정리하는 덴 제법 이골이 났다. 저, 책 별로예요, 쨍하게 쏘아붙이더니. 돌아서 있는 뒷모습에 무심코 눈이 가면 어째 안쓰러웠다. 마음이 내킬 땐 놀랍도록 빠른 속도로 책을 분류하고 잔뜩 어질러진 창고를 정리해놓곤 하는데 그럴 때의 녀석은 정작 어디 먼 데로 달아나 있는 것 같아 말 붙이기가 어려웠다. 박스에서 마침 집어든 책을 건네주었다.

"이거 밤에 읽어봐. 여기도 어떤 가출 소년이 나와. 너보다 어린데, 낯선 곳에 있는 작은 도서관에 틀어박혀 책을 읽지. 『아라비안나이트』와 나쓰메 소세키도 읽고."

"나쓰메는 누군지 몰라도 『아라비안나이트』는 읽어봤어요."

"동화책 말고."

"「알리바바와 사십 인의 도적」, 그거 아니에요?"

약간 자신 없는 목소리.

"맞아. 그런데 그보다 훨씬 더 기이한 이야기들도 나오지. 숯불 위에 올려놓으면 뜨겁다고 돌아눕는 물고기도 등장하고."

"물고기들은 대개 뜨거우면 돌아눕지 않나?"

한숨이 나오는 한편으로 귀여운 데도 있는 녀석이다. 얘길 하다보면 대체로 한심하기 짝이 없다는 생각이 들지만 둘만 있다보면 이런저런 의논도 하게 된다. 그러다보면 답은 이우가 아니라 정모 머릿속에서 나올 때가 많았다.

"네 생각은 어떠니? 책을, 어떤 기준으로 분류하는 게 좋을까. 인문, 사회, 문학…… 그런 교과서적인 방식 말고. 좀 유혹적이라고나 할까."

"아저씨, 나에 대한 의존도가 너무 큰 거 아냐? 내 인생도 버거운데. 작은 눈 깜박이면서 이런 거 물어보심 솔직히 부담스럽고 보호 본능이 막 생기거든. 내 생각엔 그런 천편일률적인 스타일 말고 우리만의 독특한 방식이 좋을 것 같아. 여긴 공간도 좀 특이하고."

"그렇지?"

"아주 단순하게. 만화와 그 외의 책들, 그렇게."

쥐어박는 시늉을 했더니 정색을 한다.

"생각해봤는데, 창고 하나는 카페로 하면 어때요? 커피 한 잔의 원두 원가가 백이십원밖에 안 된다는데."

"설마 그렇기야 하겠니."

"우린 건전하게, 삼천원쯤 받으면 되잖아. 서울서 이 정도 전
망이면 커피 한 잔에 만이천원도 받아요. 이건 강도 아니고 바다
잖아. 내가 잘할 수 있는데. 블로그에도 올리고, 도서관 이용자
에겐 할인 쿠폰 주고, 먼 데서 온 손님에겐 천일염 한 봉지씩 선
물로 주고, 스탬프도 찍어주고……"

"어림없는 소리. 여기선 그 돈 내고 커피 사 마실 사람 없다."

"만이천원?"

"아니, 삼천원."

"걱정된다. 아저씬 너무 이상주의자야. 인건비랑 난방비는 누
가 감당해? 내가 평생 여기서 열정 페이 할 줄 알아?"

"알았다. 경비 문제는 내가 연구해보마. 너, 도서관을 자주 가
긴 했니?"

"아직 도서관에서 보내기엔 아까운 나이잖아요."

입을 삐죽하더니, 새삼스럽게 창고를 찬찬히 둘러보았다.

"돈벌이는커녕 돈 먹는 하마가 될 거 같은데…… 이거, 아저
씨 꿈?"

"꿈! 꿈인가? 뭐, 그럴지도. 3번 창고에 가면 보르헤스 코너가
있어."

"뭐 하는 아저씬데요?"

"뭐 하는 아저씨일 것 같아? 이 녀석아. 난 너보다 어린 나이에 카프카를 읽었는데."

"그 아저씬 또 누구야?"

"고등학교를 목포에서 다녔거든."

"그 아저씨가? 아저씨 교우관계를 내가 다 알 순 없지."

뒤통수를 한 대 때려주었다.

"카프카라는 작가가 있어. 역시 3번 창고에 있어. 내가, 좀 조숙한 소년이었거든. 근데 그 사람이 쓴 「변신」이란 단편을 읽고, 하룻밤 사이에 열 살을 또 더 먹게 된 거야. 인간세계의 이면에 눈을 뜬 거지. 그 사람한테 푹 빠져서 시내 서점에 들렀어. 아저씨, 『성』 있어요? 그 서점 아저씨, 대가리에 피도 안 마른 것이…… 하는 눈빛으로 쳐다보는 거야. 없어 인마, 하면서. 그 아저씨는 그러니까 『성』을……"

"섹스, 라고 생각했다는 거네. 근데 그게 아니면, 캐슬?"

"음. 여튼 보르헤스는 그랬지. 천국이 있다면 그것은 도서관일 것이다."

"그 아저씬 천국 가기가 가장 쉬웠겠네."

"그럴까. 그의 신은 도서관과 밤을 동시에 주었지. 그 사람은 시력을 차츰 잃어가는 병을 앓았어. 결국 실명을 한 후에 도서관

장이 되었지."

"저런. 책 읽어주는 사람을 두면 되잖아요."

"그랬단다. 누군가가 그 사람 옆에서 책을 읽어주었지. 이우도 엄마가 동화책 같은 거 읽어주지 않았어?"

"아뇨. 엄마는 언제나 날 실제보다 더 어른 취급을 했어요. 그게 엄마 식의 존중이고 교육 방식이라고 생각하려 나름 애써봤는데…… 그냥 무책임한 거죠."

참외 껍질의 골 중 어느 것에 손가락을 대도 죽 따라가면 꼭지에 닿듯, 이 아이의 분노는 모두 연수에게 닿아 있다. 어쩌다.

"너는, 너는 엄마한테 어떤 딸인 거 같아?"

"뭐, 삼 년 전에 자전거 타다 넘어져 쇄골이 나가서 수술 두번 한 거, 싸우는 애들 옆에서 구경하다 경찰서 한 번 들어간 거, 공부 안 한 거 외엔 속썩인 거 없어요."

"가출 소녀는 아니었고?"

"가출? 탈출한 거예요. 더 있으면 엄마가 미쳐버릴 것 같아서."

"알고 보니 심청이구나."

그 얘긴 더 하기도 싫다는 듯 장갑 낀 손바닥을 탁탁 털었다.

"흐응. 그러니까, 아저씨는 책이 좋다는 거네. 뭘 쉬운 얘길 길고 어렵게 해?"

"책을 읽는다는 게, 우리 생의 일회성을 비웃어줄 수 있는 가장 멋진 방식이라고 생각하긴 해. 이 섬에 살면서 매사추세츠주의 호숫가를, 19세기 런던의 뒷골목을 거닐어볼 수 있다는 것, 하룻밤 새 벌레가 되어버린 남자의 생을 살아볼 수 있다는 것, 이천 년 전의 시간 속으로 들어갈 수 있다는 것, 이건 거의 기적이 아니겠니?"

이우는 눈을 깜박이며 정모의 말을 헤아려보는 눈치였다.

"근데."

침을 꿀딱 삼키곤 똑바로 쳐다보며 묻는다.

"아저씨야말로 왜 안 읽는데? 아무리 바빠도 그렇지. 책 읽는 거 한 번도 못 본 거 같아."

"그대도 아시다시피, 그럴 틈이 없잖니."

*

"……이런 머리를 하면 날라리라는 편견에 맞서려고 내가 이렇게 손수 염색을 한 거지. 이거 쉽지 않아. 탈색부터 먼저 해야 이렇게 원색이 나와. 어른들 진짜 웃겨. 정학이 부끄러운 거야? 이 나이에 건강이 안 좋은 게 부끄러운 거지. 우리 교장이 B사감이야. B사감…… 너, 모르겠구나. 그런 캐릭터 있어. 낮엔 수녀처럼 굴다가 밤에 야동 보는 여자. 청춘에 열폭하는 갱년기 아줌마. 완전 재수없는. 혹시 정리하다 그 책 보이면 챙겨놓을게. 암튼 교장이 애들을 어찌나 갈구는지, 내가 유관순 열사의 심정으로 나선 거지. 죽으면 죽으리로다, 뭐 그렇게. ……사실은, 염색이 아니라 명찰 때문이야. 염색은, 집에서 쉴 때 한 거고. 그나마 학교에서 유일하게 한숨 돌리는 시간이 점심때잖아. ……넌 모르겠구나. 암튼 점심시간에 식판 들고 걸어가다 딱 마주쳤어. 얘, 너. 왜 명찰 안 달았니? 몇 반이야? 담임 누구야? ……요즘 명찰 다는 학교가 없어. 우리 학교만 달아. 그뿐인 줄 알아? 겨울에 극세사 담요 두르고 있는 꼴을 못 봐. 누군 두르고 싶어 두르나. 난방 제대로 해주든지. 걸리면 벌점까지 매겨. 그 여자는 어떻게 하면 애들 괴롭힐까 그 생각으로 잠을 설치나봐. 늘 다크서클이 배꼽까지 내려와 있어. 월요일인데 기분이 확 잡치더라고. 그냥 듣고 있는데 폭풍 잔소리는 끝이 안 나. 제일 싫어하는 김치콩나물국은 식어가는데, 잘못했습니다 소리 기다리는 거 아니까 더 하기 싫어. 밥 먹을 땐 개도 안 건드린다잖아. 입 꾹 닫고 무표정하게 눈을 쳐다보고 있었어. 벙어리같이. 아, 미안. 그 여자가 분노 조절 장애야. 너 몇 반이니? 물어. 특유의 리듬이 있어. 폭발을 예고하는. 내가 그랬지. 교장 선생님은 삼 년째 보는 학생 이름도 못 외우세요? 아까부터 식판 들고 교장 뒤에 서서 째려보고 있던 담탱이가 입을 딱 벌리는 거야. 명찰 깜박한 게 그렇게 잘못한 일인가? 그날 김치콩나물국은 못 먹었지. 밤에, 교복에 매직으로 명찰을 그렸어. 이름을 쓰고 네모 칸을 그린 거지. 사실 내가 그렇게 센 애는 못 되거든. 그걸 입고 버스를 탈 순 없어서, 가방에 넣어와서 식당 가기 전에 갈아입었어. 식판에 맨밥을 수북이 담아서 들고 기다리다 교장 들어오는 거 보고 그 앞으로 걸어갔지. ……그게 정학감이야?"

숨이 가빠지고 속눈썹이 빠르게 깜박인다. 또 거짓말. 판도는 이우가 들려주는 거짓말이 좋다. 명찰 때문에 혼이 나긴 했겠지만, 그것 때문에 학교를 쉬고 있는 건 아닐 테지. 거짓말을 할 때면 통통한 뺨이 부풀어오른다. 무엇보다도, 그다음 이야기를 채근하듯 바라보는 판도와 눈을 마주치지 못한다. 그럴 때면 아른 아른 붉어진 뺨을 손등으로 살짝 쓸어보고 싶다.

"너한테만 하는 얘기지만, 애들도 그래. 똑같이 명찰 그려와서 단체 시위 해줄 줄 알았는데, 믿었던 짝마저…… 유튜브에 보면 나와. 어떤 애가 바나나 캐릭터 옷을 입고 등교했어. 수업 분위기 흐린다고 교장이 조퇴시키니까 반 아이들이 다음날 모두 포도, 사과, 당근 캐릭터 차림으로 등교한 거. 옥수수였나? 암튼, 유튜브가 뭔지는 알지?"

그게 뭔지는 잘 모르지만, 판도는 고개를 끄덕였다. 이우가 말하는 걸 멈추지 말았으면 싶다. 카트에 책 박스를 싣고 오다보니 이우가 갯둑에 앉아 있었다. 무슨 생각에 빠진 건지 옆을 지나도 몰랐다. 박스를 내려두고 옆에 앉았더니 그제야 돌아보았다. 처음 한동안은 입도 벙긋하지 않는 얘가 벙어린 줄 알았다. 소금 창고 안에 둘만 있을 때도 말 한마디가 없었다. 어느 날 책상의 대각선에 앉아 책을 읽다가 고개를 들었더니, 빤히 쳐다보며 물었다.

어떻게 같이 있으면서 한마디도 안 해?

판도가 가만있자 그랬다.

너 벙어리야?

역시 쳐다만 보고 있으니 어머, 하더니 주먹으로 제 입을 콩콩 쳤다. 그럴 것까진 없는데. 그날 이후로 둘만 있게 되면 이우는 끊임없이 말을 해댄다. 어떨 땐 몇 시간이라도 계속 이야기를 할 것 같다.

이우만이 아니다. 사람들은, 다 그랬다. 판도 앞에서 오만 가지 얘기를 스스럼없이 다 한다. 이삐 할미도, 정모 아저씨도, 어판장 오씨도. 임금님 귀는 당나귀 귀. 거기 나오는 갈대숲 같은 걸까. 나는. 내 갈대숲은 어디인가?

이우 역시 별 얘기를 다 하지만 마지막은 언제나 태이였다. 이야기의 끝엔 늘 목소리가 잠긴다. 듣는 판도도 슬퍼진다. 슬픔이되 이우의 것과는 다른 슬픔이다. 다르다는 걸 알지만 설명할수는 없다. 판도는 한 번도 보지 못한 태이의 손톱이 반밖에 남지 않았다는 것, 하지만 남이 보는 데선 절대 물어뜯지 않는다는 것, 약간의 난독증이 있다는 것, 그래서 둔하리라는 사람들의 편견과 달리 머리가 완전 좋다는 것도 알고 있다. 베스파라는 스쿠터의 파란색은 쨍한 날 오전 열시의 바다색처럼 압도적이라는 것. 군데군데 칠이 벗겨지긴 했지만 그게 아름다움을 훼손시키긴커녕 오히려 다정하게 느껴진다는 것도. 어떤 사고로 망가졌지만 돌아가면 그걸 수리해서 제가 쓸 것이란 얘기도. 왜 태이가 아니라 제가 탈 것인지는 말해주지 않았지만 어쨌든 판도는 이우보다 태이에 대해 더 많이 알고 있는 셈이다. 제 얘기엔 아주 인색했다.

"태이는 번개야. 매번 날 놀라게 하고 떨리게 하고 아득하게 하지."

하늘에 떠 있는 흰구름 한 귀퉁이가 살짝 붉어졌다.

"지금은 그래. 저렇게 해가 질 때면, 보고 싶어. 그것뿐이야."

물아래 잠겨 있는 듯 축축해진 목소리. 노랗고 빨갛고 파란 부표를 이렇게 수면에 띄워놓고, 오직 이 줄을 통해서만 숨쉬고 있다는 듯.

*

몇 걸음 앞에서 성큼성큼 걸어가는 판도는 섬에서의 판도와는 다른 사람처럼 보인다. 이우를 약간 귀찮아하는 것 같다. 어판장에 들어선 후론 알은체도 않는다. 처음엔 졸졸 따라다니다 몇 걸음 뒤쪽으로 떨어져서 따라갔다.

이른 시간이기도 했지만 생선 박스에 채워진 얼음 때문인지 유독 서늘하게 느껴졌다. 바닥은 검게 번들거리고 질척거렸다. 샌들에 물이 들어와 걸을 때마다 미끈거렸다. 높직이 매달린 등에서 하얗게 불빛이 쏟아져내렸다. 사람들의 말소리가 어디쯤 허공에서 쟁강쟁강 부딪치며 울렸다.

어제 배를 밀어내는 판도 옆에 구경하는 척 서 있다가 배가 물에 뜨는 순간 홀쩍 올라탔다. 입을 꾹 다문 판도가 고개를 저었다. 원래부터 말이야 없었지만, 유난히 말이 없다고 느껴지는 순간이 있다. 이런 표정을 지을 때다. 이우도 고개를 저었다. 난감한 눈빛이더니 손바닥을 잡고는 그렇게 적었다.

멀리 갈 거야.

알아. 멀미도 안 하고 구명복 입고 얌전히 앉아 있을게.

마음 여린 판도는 다시 손바닥에 적었다.

배가 작아서 멀리 가진 못해. 걱정 마.

별거 아닌데, 왜 손바닥에 쓰면 더 따뜻하게 느껴지는 걸까.

이우도 알고 있다. 동력선 중에선 제일 작은 판도의 배는 난바다까지는 나가지 못했다. 자잘한 섬들 사이의 내해에서 고기를 잡거나, 주말이면 낚시 손님 태워 일당 받는 게 전부였다. 이삐 할미는 그게 못마땅해 이우를 붙잡고 한탄을 하기도 했다. 저놈이 순해 보이지? 사나와. 멸치 배라도 타면 목돈을 쥘 텐디 남 밑으론 안 들어간대. 그렇게 모아서 큰 배로 바꾸면 좀 좋아. 낚시 손님도 많이 태우고, 먼바다 나가 홍어도 잡고 해야 큰돈 벌 텐데. 황소고집이여. 힘만 들지 주낙질해서는 기름값이나 근근이 맞추게 되지. 큰돈 벌어 뭐하려고, 할미? 많이 벌면 그걸로 맛있는 거 사먹고 친구들이랑 화투도 치고, 옷도 사 입고…… 할미가 지금 그렇게 살고 있구만 뭘.

배는 한동안 섬과 섬 사이를 빠져나갔다. 섬의 등에 숨어 있던 섬이 나타났다. 햇살이 따가운 대신 파도는 잔잔했다. 크고 작은 섬들이 끝도 없이 펼쳐졌다. 커다란 손이 바다 위에 덜 익은 포도알 한줌을 휙 던져놓은 것처럼. 바다에서 길은 어떻게 아는 걸까. 중간중간 배를 멈추고 판도는 몸을 기울여 처박힐 듯 엎드려서는 물속을 들여다보다 다시 이동하곤 했다. 어느 지점에서 물을 지그시 내려다보더니 긴 대나무를 물에 꽂고는 귀를 기울였다. 건네주길래 받아들이려고 했더니 귀를 대는 시늉을 했다. 구멍

안에서, 먼 곳에서 들려오는 개구리 울음소리처럼 차지고 왁자한 소리가 들려왔다. 아이들이 떠드는 소리 같기도 했다. 귓속이 간지러웠고 웃음이 났다. 왜 그런지 안다는 듯 판도의 눈꼬리에 살짝 물결이 졌다.

그물을 바다에 내리고 끌어올리는 일을 판도는 혼자서 다 했다. 그물과 씨름하는 판도는 지구를 떠받치고 있는 헤라클레스 조각 같았다. 어떤 순간엔 판도가 끌려들어갈 것만 같았다. 배 바깥으로 한껏 내민 팔 아래 도도록이 일어선 힘줄들이 툭, 끊어질 것 같았다. 양푼에 담아 마루끝에 두고 간 새끼 문어, 감동 없이 먹은 거 미안, 속으로 생각했다. 그물을 털 땐 이우가 빈 그물을 잡아주었다. 물고기가 많이 들진 않았다. 씨알이 제각각인 민어가 많았고 불가사리와 병어, 꽃게 몇 마리도 따라 올라왔다. 갑판을 대충 정리해놓고 라면을 끓였다. 절반으로 토막을 쳐도 꿈틀거리는 꽃게를 끓는 물에 던졌다. 어디론가 열심히 기어가고 있는 낙지 한 마리도 산 채로 투척했다. 낙지는 머리가 빨개진 후에도 다리를 열심히 꿈틀거렸다. 라면이 끓어오르는 냄새에 맹렬한 허기가 몰려왔다. 바람은 전혀 없는데 배는 끊임없이 일렁거렸다. 설익은 라면을 건져 먹는데 목덜미가 따가웠다. 라면을 먹고 나자 비린내와 소금 냄새가 몰려왔다. 섬들 사이를 지날 때 이우는 잠이 들었다가 배가 기슭에 닿는 기척에 눈을 떴다. 배를 끌어올릴 땐 섬들이 익은 포도알처럼 검었다. 모래톱에 서서 물었다. 널 새벽에 어판장 갈 거지? 따라갈래. 눈을 맞추고 는 또박또박 말했는데, 못 들은 척했다. 귀찮아? 알았어. 내가 따로 표 사서 갈 거야. 판도는 한숨을 폭 쉬었다. 알람까지 맞춰 놓고 일어나 뱃머리로 나갔더니 판도는 벌써 표를 두 장 사서 기다리고 있다가 정작 이우가 보이자 슬그머니 뒤돌아섰다.

　어판장에 같이 가겠다 했을 때 왜 먼바다를 쳐다보았는지 알 것 같다. 여긴 남자들의 세계였다. 장화를 신고 오가는 남자들이 그물에 걸려 올라온 불가사리 보듯 이우를 쳐다보았다. 하나같이 머리를 먼저 쳐다보고 그다음에 얼굴을 쳐다보았다. 뭐야, 독창성이 없어.

　저만치 앞선 판도를 종종걸음으로 따라가고 있는데 남자들 몇이 무리 지어 걸어오는 게 보였다. 보였다기보다는 마주치는 사람들이 모두 인사를 하는 바람에 눈길이 갔다. 성큼성큼 걸어오던 그가 판도를 먼저, 그리고 이우를 쳐다보았다. 나이는 꽤 들어 보였지만 노인이란 느낌은 없었다. 눈빛이 날카로웠다. 샅샅이 본다는 느낌이었다. 이우를 스칠 때 걸음이 살짝 느려졌으나 멈추진 않았다. 그가 지나가고 나자 사람들은 다시 흩어졌고 소란스러워졌다. 어디선가 퍽, 하는 소리가 들렸고 소란이 뚝, 멈추었다. 딱 한 번이었지만 소리는 야무졌다. 막 지나쳤던 사람들

쪽이었다. 나이든 쪽이 같이 걸어가던 젊은 남자를, 들고 있던 파일로 내려친 것 같았다. 그러고는 아무 일도 없었다는 듯 등을 보이며 걸어갔다. 사람들은 그 광경을 애써 외면하는 것 같았다. 그걸로 끝인 줄 알았는데, 악을 쓰는 여자 목소리가 넓은 실내를 뒤흔들었다. 뒤통수만 보이는 여자 앞에 서 있는 이는 그 노인이었다. 아까와는 달리 주위 사람들이 달려들어 양쪽에서 여자를 붙들었다. 그 여자를 멀리 갖다놓으려는 것처럼 달랑 들어올렸다. 여자가 붙들린 채 악을 쓰는 사이 노인 일행은 어디론가 사라져버렸다. 이 동네 사람들, 버라이어티하게 사네. 안쪽 구석에서부터 경매가 시작되었다. 끝이 보이지 않게 늘어선 생선 박스들 사이에 서 있는 남자는 무어라 끊임없이 외쳐댔다. 하나도 알아들을 수 없었다. 둘러선 남자들이 수화를 하듯 손을 움직였다. 높직한 천장에서 쏟아져내리는 빛 때문에 연극을 보는 느낌이었다. 판도는 제 몫의 경매가 끝나자 돈을 받고는 이우를 쳐다보았다. 따라오라는 눈빛. 이상하다. 말을 못하면 말도 못하게 불편할 줄 알았는데. 어판장 구석에 있는 국숫집에서 판도가 국수를 사주었다. 국물은 엄청 뜨겁고 멸치 맛이 진했다. 판도가 고춧가루를 한 숟갈 끼얹어주었다. 속이 다 시원했다.

　"아까 그 사람 누구야? 맞은 사람은 그이 아들이야?"

　또 못 들은 척.

"둘이 닮았던데."

*

정모는 아직 도착하지 않았다. 점심시간이 일러선지 이즈미
는 아직 한가했다. 주방장의 생선 다루는 솜씨도 좋지만, 계절과
상관없이 손님이 끊이지 않는 데는 식당 구조 덕이 컸다. 원래는
규모가 상당한 적산가옥이었다. 언덕배기 주택가에 있어 비밀스
런 모임을 갖기엔 더할 나위 없었다. 세월이 흐르면서 본채는 손
을 보았지만 일본식으로 꾸며진 정원은 고스란히 보존되었다.
군더더기 없이 정갈한 원래 모습에 시간의 고운때가 내려앉았
다. 자리에 앉으면 습기 머금은 이끼 정원이 보이도록 들여진 방
들은 드나드는 손님들의 동선이 겹치지 않도록 해놓았다. 서늘
한 기운을 내뿜는 정원을 내다보고 있으면 번잡하던 마음이 차
분히 가라앉는데 오늘은 좀체 편해지질 않는다.

심부름하는 아이가 들어와 다다미 바닥에 무릎을 꿇고는 뽀얀
분청에 뜨거운 차를 부어준다. 다기를 보니 계절이 바뀌었나보
다. 한 올도 흘러내리지 않게 묶은 머리 아래 화장기 없는 얼굴
이 해맑다. 참새 혀 같은 찻잎 몇 개가 흘러나와 맴을 돌았다. 찻

잔의 흰 기운이 한층 돋보인다. 첫 향이 배릿하게 번진다. 올해 나온 작설 중에서도 최상급일 것이다. 이 집에선 영도만을 위한 사케와 차와 다기를 따로 관리했다. 태원은 문득 궁금해진다. 아버지의 이런 취향은 언제 생긴 것일까. 스무 살이 넘어서 생선회를 처음 맛보았던 대학 동창 하나는 끝내 날생선의 맛을 몰랐는데. 아버진 따로 생각나는 음식이 있으면 이곳 안주인에게 연락을 하게 했다. 생선회 접시 옆에 검은 털이 숭숭 박힌 흑돼지편육이나 햇송이가 놓일 때도 있었다. 첫 복날이 돌아오면 오골계탕이 준비되었다. 찬바람이 일면 보이차를, 청명이면 새로 덖은 작설을 마시는 취향은 서른 이전의 아버지에겐 다른 세계의 일이었을 텐데.

다기를 얌전히 내려놓고는 흰 수건을 펼쳐 무릎에 덮어주고 나서야 태원을 쳐다보았다. 예쁜 아이다. 아버지나 태원이 오면 늘 이 아이가 시중을 들었다. 입안의 혀 같은 이 아이가, 태원은 편하지 않다.

"생선이 뭐가 있나?"

"흑산에서 아침에 들여온 민어가 있습니다. 철이 좀 이른 셈 치곤 살집이 좋습니다."

"나머진 알아서 하고, 사케는 미리 주지."

"히레로, 뜨겁게 올리겠습니다."

고개를 숙이고는 밖으로 나가 미닫이를 들어올리듯 조심하여 닫는다. 차가운 접시들이 먼저 차려졌다. 금가루 뿌린 성게알이 한입거리로 두엇, 배와 버무린 문어초회, 껍질에 따개비가 들러붙은 자연산 전복이 종잇장처럼 투명하게 썰어져 나왔다. 몸통의 껍질만 벗긴 새우 살 아래 접시의 무늬가 비친다. 어느 음식에선가 여린 풀 향기 같은 게 난다. 식욕은 전혀 없다.

여자아이가 사각의 히노키 잔을 가지고 와 내려놓고 술을 따른다. 복어 지느러미를 왼손에 쥐고 불을 붙이고는 고물거리던 불꽃이 푸릇해지는 순간 술잔 위에 정확히 내려놓는 솜씨가 앳된 인상과 묘하게 어긋난다. 첫 모금은, 살짝 비리다. 처음엔 이 향을 싫어했다. 태원은 차가운 사케가 입에 맞았다. 아버지를 아버지라 여기지 않으면서도, 취향의 세계는 닮아간다.

이틈에서 새우가 푸르르 떨었다. 기분이 좀 나아진다. 오도리. 춤추는 새우. 이 무력한 떨림에 붙여준 이름일 테지. 사람들은, 나를 어떤 이름으로 부를까. 영두 아들. 그거 말고. 내 발로 돌아왔으면서도 끌려온 자의 포즈를 취하고 있다는 걸 사람들은 알 것이다. 그런 포즈라도 취하는 것이 위로가 되었던가. 모르겠다.

화요일 저녁에도 여기서 식사를 했다. 김변호사와 둘이. 아버지는 태원과 사업 문제로 할 얘기가 있으면 자신은 뒤로 빠지고 늘 김변호사를 통했다. 철없던 시절엔 김변호사의 전문성을 높이 친 결과라고 생각했다. 아버지 사업의 성장은 가팔랐고 그 벽돌을 쌓는 일엔 늘 누군가의 피가 필요했다. 아들에게 피비린내 나는 현장을 보여주고 싶지 않았거나, 법적으론 그런 일들이 정당하며 불가항력이라는 완충막을 두고 싶었으리란 생각은 다시 돌아온 후에 들었다.

사업상의 계약을 제때 이행하지 못하는 상대방에겐 가차없이 파멸을 안겨주던 아버지였다. 어릴 땐 왜 집에 찾아온 어른들, 낯이 익은 아버지의 친구들이 아버지 앞에서 눈물을 뿌리는지 알지 못했다. 태풍에 휩쓸린 양식장 때문에 받지 못한 돈 대신 배를 끌어온 아버지는 밤에 친구가 부르는 소리에 대문을 열어주지 말라고 일렀다. 공장 부지 매매 중도금을 일주일만 미루어달라던 건설업자는 소파에 앉은 아버지 앞에 무릎을 꿇은 보람도 없이 부도를 맞았다. 아버지는 계약금을 한푼도 돌려주지 않았다. 작은 도시에선 한 사람의 자살의 연유가 놀랍도록 빠르게 전파되었다. 언젠가 태원이 그랬다. 가족처럼 지내던 아저씬데, 사정을 좀 봐주시지 그러셨어요. 아버지는 대답했다. 돌려주려 했어. 그자가 성급했던 거지. 그렇게 돈을 갚지 못한 사람들이 담보로 잡힌 배들이 모여 선단을 이루었다. 서랍 속엔 등기 서류들을 정리한 파일이 하나둘 쌓여갔다. 돈에 관한 한 아버지는 집요했고 편집적인 데가 있었다. 그런 유의 일들을 전면에 나서거나 뒤에서 교통정리하는 사람이 김변호사였다.

이즈미로 오라는 전화를 받았을 땐 아버지도 같이 나오는 줄 알았는데 김변호사 혼자 와 있었다. 그럴 때는 김변호사가 아버지였다. 태원이 상석에 앉았다. 앉자마자 첫잔을 단숨에 비웠다. 할 얘기가 있으면 어서 하라는 신호였다. 김변호사도 사케를 단숨에 비웠다. 그의 눈 가장자리가 빠르게 붉어졌다. 박카스에도 취하는, 체질적으로 술이 안 받는 사람이었다. 아니, 그렇다고 들었다. 아버지나 태원과의 술자리에선 권하는 잔을 거절한 적이 없었다. 분장이라도 한 듯 붉어진 눈자위를 보자 문득 궁금해졌다.

언제부터 아버지 일을 돕기 시작했습니까?

오래됐지요. 변호사 개업하고 다음해부터입니다. 그전엔, 향판으로 근무했습니다. 애들 대학 가면서 그만두었습니다. 처가나 본가나 모두 도움은커녕 생활비를 보내야 될 형편이었으니 월급만으로 살기엔 한계가 왔지요. 전관예우 받을 처지도 못 되는 줄 아시면서 왜인지 회장님께서 소송을 맡기셨지요. 이기지 못했습니다. 그날 이 방에서 저녁을 먹었습니다. 바늘방석도 그런 바늘방석이 없었지요. 애초에 맡지 말았어야 했다는 생각을 하고 있었습니다. 코를 빠트리고 앉아 있으니까 전복찜을 한 점 집어 건네주시더군요. 보기보단 무척…… 연했던 게 여태 기억

납니다. 그걸 다 씹어 삼키는 걸 지켜보다가 물어보십디다. 나하고 함께 가겠나, 평생? ……그때부텁니다.

금테 안경을 쓴 그의 얼굴은 다소 집요한 느낌을 주지만, 안경만 벗어버리면 돌아서자마자 잊어버릴 만큼 특징 없이 생겼다. 표정의 변화가 없다기보단 얼굴에 어떤 감정도 떠올리지 않는 편이었다. 첫인상은 충직한 노예, 그 자체였다. 김변호사는 아버지의 그림자였다. 오랜 세월이 흘렀다. 어디에서건 누구와 있건 여전히 현관에서는 아버지의 신발을 신기 좋은 곳에 고쳐놓았다. 그가 옛날을 추억하며 슬그머니 풀어진 낯빛을 다잡으며 생각났다는 듯 물었다.

아버님께서 장학재단을 설립하시겠다는 말씀, 들으셨던가요?

금시초문이었지만, 태원은 표정 없이 김변호사를 쳐다보았다. 왕국을 물려받을 사람이 바닥을 닦는 노예보다 모르는 게 더 많다는 사실이 기분좋을 리 없지만 그 심사를 노예에게 들키고 싶은 마음도 없었다. 김변호사는 한번 말문을 열자 사무적인 어투로 빠르게 얘기를 했다.

알고 계시겠지만 장학재단은 회장님의 오랜 꿈이었습니다. 많이 배우시지 못한 게 맺히셨는지. 사실 재단만 설립하지 않았다뿐, 이 지역에서 회장님 음덕이 닿지 않은 곳이 없긴 하지요. 시는 물론이고 도 규모의 복지원이나 고아원에도 오래전부터 예산에서 기부금을 따로 책정해 지원해왔다는 건 알고 계실 겁니다. 명절이나 크리스마스에 따로 비품이나 간식을 챙겨 보낸 지도 오래됩니다. 국립인 결핵요양소 쪽도 지속적으로 신경을 써오셨습니다. 도서 지역에 있는 분교도 마찬가지고요.

그건 태원도 알고 있는 사실이다. 아버지의 자선은 사업의 한 형식이었다. 나쁘지 않다. 그런 사실을 감추기엔 아주 좁은 바닥이었다. 지역사회의 평판이란 결국 돈을 어떻게 벌었나보다는 어떻게 쓰느냐에 달려 있었다. 그 정도 자선으로 타격을 입을 사업 규모도 아니고 기부금은 꼬박 비용 처리가 되어 크게 보면 지출의 용도 변경에 다름아니었지만. 굳이 장학재단을 따로 만들지 않아도 될 것이었다. 그런데 새삼스럽게 왜?

바깥에선 보이지 않지만 아버지는 수전노다. 지독한 인색함은 남에겐 보이지 않는 부분, 자신과 피붙이에 한해 적용된다. 이십년 넘게 입어 겨드랑이 쪽 천의 결이 드러난 홈스펀 양복이나 가죽이 닳아 날깃날깃해진 소파, 어김없이 반으로 찢어서 사용하는 티슈 같은 건 자선처럼 칭송의 대상이 되긴 했다. 누구에게도 얘기 못했지만, 태원의 아파트를 살 때 아버지는 집값을 주는 대신 그 액수가 적힌 차용증을 쓰게 했다. 돈을 허투루 쓰지 말라는 교훈으로 받아들였다. 응접실 벽엔 누가 볼까 낯뜨거운 고서화의 모사품을 걸어놓았다. 아버지 소유의 빌딩 수장고에 가득

차 있는 고서화 진품을 걸어놓으면 닳는다고 생각하는 걸까. 그건 생래적인 것이어서 자신도 어쩔 수 없으리라 생각해왔다. 태원의 잠재의식 속엔 그래봤자 언젠가는 다 물려주고 떠날 것이라는 마음도 없지 않았을 테다. 가장 마지막까지 남는 게 명예욕이라더니. 김변호사가 가방에서 파일을 꺼내 건네주었다.

회장님 구상이십니다. 평소 성격대로, 빨리 진행되기를 원하고 계십니다. 아직 건강하시지만, 한번 정리할 시점이라고 생각하신 것 같습니다. 여기저기 흩어져 있는 자산들을 정리해놓을 필요도 있고. 신안 쪽 염전이나 땅들 중에서 수익 구조가 없는 것들은 이참에 정리하라 하시는데, 그건 제가 이사님과 일단 상의드리겠다 허락을 구해놓았습니다.

태원은 파일을 열어보지 않고 옆에 내려놓았다. 상의라니. 태원의 의견 같은 건 늘 타박거리에 불과했다. 김변호사와 헤어져 아파트 주차장에 차를 세우고 실내등을 켰다. 파일을 펼쳐보았다. 당연히 제 몫이라 여기고 있던 지분의 상당 부분이 재단 자산으로 포함되었다. 거기다 지금 정모가 작업을 하고 있는 소금창고 쪽은 아예 명시까지 해서 편입 일순위로 올려놓았다. 도대체 왜. 처음부터 아니다, 하지 않고 왜. 이건 탑 쌓는 걸 옆에서 지켜보다 마지막 돌 하나를 올려놓는 순간 탁 차버리는 것과 같다. 김변호사에게 전화를 걸었다.

왜 이러시는 겁니까?

사업도 뜻하신 만큼 이루셨고 이제 사회에 이바지하고 싶다는 마음이 드신 것 같습니다.

허, 아버지가 사후가 두려워지셨다니, 놀랍네요. 보도 자료용 얘기를 듣자는 게 아닙니다. 아버지만큼이나 저하고도 오랜 세월을 함께하시지 않았습니까. 왜, 지금입니까?

글쎄요, 저로서는……

알고 계시잖아요.

태원이 쏘아붙이자 차분한 목소리로 되물었다.

이사님이야말로 짐작하시잖습니까, 왜 그러시는지. 이사님 재량으로 해놓은 사업이 삼 년째 자산 잠식 상태인데다 앞으로도 수익성을 기대할 수 있는 구조도 아니고…… 이사님이 어떤 역량, 비전 같은 걸 보여주길 기대하셨던 것 같습니다. ……와서 무어라 얘길 하는 사람들이 있었습니다. 뭐, 그렇다고 회장님이 이 사업에서 수익을 원하시는 건 아니지만.

할 일 없는 사람들이야 늘 있죠. 아직 사업이 진행중이에요. 끝을 본 게 아니잖아요. 아니, 한창 진행중이라고요. 소금 창고 쪽은 김변호사님도 한 번 보셨잖아요. 거기다 대고 없었던 일로 하자고 전 얘기 못합니다.

알고 있습니다. 아버님은 그걸 제대로 된 사업이라고 생각하시지 않는 것 같습니다.

김변호사님은 어떻게 생각하십니까.

저는 사업에 대한 촉은 없는 사람입니다.

무어라 더 말을 하려던 그의 목소리가 한 계단 내려갔다.

아버님은 고독한 분입니다.

인간은 근본적으로 고독한 존재죠.

그 고독을 어찌해야 할지 모르는 분입니다.

김변호사님 입에서 그런 비법률적인 말이 나올 때가 있군요. 제가 김변호사님보다 아버지를 더 모르는 모양입니다.

아침에 일찍 사무실로 나가서 기다렸다. 김변호사와 함께 들어온 아버지는 왜 왔냐고 묻지도 않았다.

이러실 거면 시작하기 전에 왜 아무 말씀 않으셨습니까? 제 얼굴은 뭐가 되구요?

네 얼굴! 유학 가서 해마다 벤츠 한 대 값을 꼬라박으며 경영학 전공한 놈은 고무장화 신고 생선 주무르는 놈들하곤 다를 줄 알았다. 벌지도 못하는 놈이 베푸는 일부터 해보겠다? 너 천사 놀음 하라고 내가 평생 못 들을 소리 들어가며 살아온 줄 아나?

소금 창고 쪽은, 정모가 일 년 넘게 매달려온 일입니다. 사심이 없어요. 땅은 물론이고, 도서관 일도 제 궤도에 올라가면 손 떼겠다고 처음부터 얘기했어요. 장학 사업과 다를 바 없는 일입니다. 굳이 그걸…… 저로서는 별개로 수익 사업도 생각하고 있습니다. 무엇보다도, 이제 와서 없었던 일로 하겠다고 얘기 못합니다.

하! 뭐가 문제인지도 모르는 이런 놈을…… 그래? 그 수익 사업이 뭔데. 뭘 가지고 그 대단한 자선사업을 지속할 생각인데? 번듯하게 벌여놓고 그놈이 뒤로 빠지면? 그런 걸 유지하는 데 비용이 얼마나 드는지 생각은 해봤나? 안 보이는 구멍으로 돈이 얼마나 빨리 새나갈지 계산은 한번 해봤어? 네놈이 해봤을 리가 없지.

아버지가 새삼 하시려는 장학 사업은 뭔데요?

평생 안 먹고 안 입고 모은 돈을 기부하면 세상의 존경을 받는다. 그렇다고 아무것도 없는 놈이 대출받아 기부하면 존경할까? 미친놈 소리 듣지. 사업은 멈추면 쓰러지는 바퀴 같은 거야. 장학 사업도 그중 하나일 뿐이고. 굴러가는 시스템을 만들어놓지 못하면 단 한 번 태풍에 모래성처럼 허물어진다. 한순간이지. 왜? 갑작스럽다고 생각되나? 행여나 하며, 지켜보았다. 누굴 탓하겠나. 자식 손에 비린내 묻히지 않은 내 탓이라고 생각했다.

그런가요? 가까이 있는 사람, 내 곁의 누군가가 아버지 돈을 쓰는 걸 견딜 수 없기 때문이 아니구요? 정모 아버지 생각하면 그냥 줄 수도 있는 거잖아요. 생판 얼굴 본 적 없는 오씨 아들 등록금은 챙겨주시면서요. 오씨 아들이 아버지 잔심부름하며 아침 저녁 마주치는 놈이었으면 아버진 그 돈 절대 주지 않았을 겁니다. 네, 그럼요. 열두 가지를 지적하며 쥐 잡듯 하셨겠죠.

아버지를 기다리는 동안, 무슨 소리를 듣더라도 절대 맞서지 않아야 한다고 몇 번이나 자신을 재우쳐놓고선 마주하면 왜 이성을 잃어버리는지. 눈을 내리깔고 조용히 말했다.

정모와 한번 자리를 만들겠습니다. 걔 얘기도 한번 들어보시고……

내가 그 자식을 왜 만나. 생선 대가리 하나 내려칠 용기도 없는 놈. 호강에 겨워서 요강에 끈을 달 참이구나. 네가.

김변호사가 그만하라는 눈짓을 슬쩍 보냈다. 사무실을 나와 정모에게 한번 보자고 연락을 했다. 김변호사를 시켜 일방적인 통보를 하기 전에 언질이라도 주어야 했다. 전화를 받은 정모는 전에 없이 쾌활한 것 같았고 몇 사람이 왁자하게 시끄러웠다. 그냥 밥이나 먹자고 오늘 약속을 잡았다.

무어라 해야 하나.

여자아이가 미닫이를 열고 눈을 맞추었다.

"손님 오셨습니다."

*

둔덕에 나왔을 때 칠게가 바로 눈에 띄는 날은 운이 좋은 거야. 저거 봐, 바로 요 앞에서 달려가잖아. 여기선 칠게가 네잎클로버인 셈이지. ……사실을 말하자면, 갯벌에서 칠게를 보지 않기는 쉽지 않은 일이야. 하루 중 어떤 시간엔 갯벌을 습격한 저 글링처럼 보이기도 해. 이렇게 폴짝 뛰어내리면 한순간에 죄다 숨어버리지. 내가 칠게랑 밀당을 하게 될 줄이야. 그런 생각이 문득 들곤 해. 여긴 어디고 나는 누구!

판도 쟤, 너하고 닮은 데가 있어. 내가 무슨 말을 해도 다 들어주지. 들어준다기보다는, 그냥 옆에 앉아 있어. 귀도 안 들리고 말도 못하니 참말이든 아니든 상관이 없지만 그래도 내가 무어라 얘길 하면 귀담아듣는 양 가만히 앉아 있거든. 나도 거짓말을 하고 싶어 하는 건 아니고, 그렇게 떠들고 있으면, 잊고 싶은 순간들이 저만치 밀려가. 아무리 못 듣는다 해도, 난들 그렇게 거짓말을 쏟아내고 아무렇지도 않겠니? 숨가쁘게 얘길 하고 나면 이렇게 오줌이 마려워. 갯둑 아래 쪼그리고 앉으면 뻘기 사이에 폭 파묻히게 되지. 시아아아. 복숭아뼈에 오줌이 튀네. 따뜻하다. 여기서 오줌을 누고 이 냄새를 맡으면 마음이 참 편안해져. 넌, 상상도 못할 거야. 여기서 시간이 얼마나 느릿느릿 흘러가는지. 일교시 끝나기 무섭게 책상에 엎드려 있으면 어느새 이교시 종이 울리고, 한 시간은, 하루는, 한 달은, 약간의 침 얼룩이 되어 말라붙어버리던 그곳과 달리.

역마살 있는 엄마 만나서 나도 참 먼 곳들을 많이 떠돌아다녔잖아. 한 열흘 머문 곳도 있고 몇 달씩 살기도 했지. 나름 코즈모폴리턴이라고 생각했는데, 여기 와서 딱 한 달 지나니 바로 촌년 되네. 너무 어릴 때라, 사실 세세한 기억은 별로 없어. 그래도 바닷가의 풍경들은 도시보단 좀 강렬하게 남아 있어. 단 며칠 머문 곳도. 말라가. 에게해. 피오르…… 여기 와보니 그 바다들이 무척 단순했다는 생각이 들어. 여기 말이야. 천 개도 넘는 섬들이 있다니, 상상이 돼? 썰물이 지면 걸어서 건널 수 있는 섬도 있어. 가까운 섬들은 배를 타고 더러 가보았지만 천 개의 섬을 다 가보기엔 좀 무리겠지. 섬들은 다 다르고 다 예뻐. 첫눈에 예쁜 섬도 있고, 몰랐는데 무심코 고개를 돌리면 어? 예쁘네, 싶은 섬도 있어. 음, 내가 좀 그렇지 않니? ……눈을 감고 섬들 사이로 불어오는 바람을 맞고 서 있으면 네 등뒤에서 바람을 맞으며 달리던 그 순간이 떠올라. 지도에서 어느 구석에 있는 줄도 몰랐던 이 섬과 한통속이 될 줄은 나도 몰랐어. 떡볶이 가게 하나 없는 이런 이상한 곳에 적응할 줄도.

넌 어때? 여전히 편도선은 자주 붓고, 여전히 파라락 소리가 나게 책장을 넘기고는 암담한 표정을 짓고, 여전히 쓰레기통을 쓰게리통이라고 해? 쓰게리통, 네 입에서 나오는 그 소리를 꼭 한 번만 더 듣고 싶다. 해가 지네. 오늘은 노을에 보랏빛이 살짝 섞였어. 색 배합이 매일 달라지지. 늘 여기, 네가 같이 있다고 생각했는데 이런 시간엔 또 그래. 저기, 섬과 섬 사이, 유난히 빛나는 한 점, 거기 어디쯤 네가 있는 듯하다.

정지 버튼을 누르고 녹음 파일을 전송했다. 왼쪽 주머니에서 딩동, 소리가 들린다.

아, 있잖아. 난, 여기서 조금씩 충전되고 있어.

*

타다닥!

짱뚱어들이 달아난다.

정모는 물 빠진 갯벌을 걷는 게 좋았다. 모래톱과는 또 다르게 진득하게 발을 잡는 맛이 있다. 그렇다고 아주 붙들진 않고. 둔덕 위에 서 있는 이우에게 손을 내밀었다. 손가락을 꼭 잡고는 한 발씩 내려서더니 벗겨질 듯 들러붙는 슬리퍼를 요령껏 떼어내며 장난을 친다. 이럴 때 보면 또 어린애다. 어느새 몸집이 불어난 함초 군락이 두툼한 융단처럼 보인다. 씹어봐. 함초 줄기 하나를 꺾어 내밀자 받아들고는 요모조모 살펴보더니 큼큼 냄새를 맡아보았다. 향기가 없네, 하고는 제 팔뚝을 쓸어보더니 끝부분을 잘근잘근 씹었다. 뱉어버릴 줄 알았더니 삼키고는 고개를 갸웃했다.

"약간 짭조름하네. 풀이라기보단 톳이나 모자반처럼 감칠맛도 있고. 무엇보다 아삭거리네!"

"오호! 정말 탐구적인 태도네. 네 성적이 형편없었다는 걸 믿을 수가 없는데?"

진심이었는데, 이우는 언젠가 발가락 사이로 머리를 내민 갯지렁이를 발견했을 때처럼 길고 긴 비명을 질러댔다. 대충 이런 뜻인 것 같았다. 엄만 그런 얘기까지 했단 말이야? 삘기 줄기를 잘근잘근 씹으며 중얼거린다.

"내가, 쓸개는 집에 빼놓고 왔어요."

"이우야. 바다가 애초에 어떻게 염분을 갖게 되었는지 알아?"

"글쎄."

"그것도 몰라? 옛날 옛적 누군가 소금이 쏟아지는 맷돌을 배에 싣고 가다 바다에 빠트린 거야. 그게 지금도 계속 소금을 토해내고 있는 거지."

"핏. 나도 그 얘기를 믿던 시절이 있었는데. 뭐, 못 믿을 건 또 뭐야."

느릿느릿 걷는 걸 보니 세상에 아무 근심이라곤 없는 녀석 같
다. 유배 온 놈치곤 반성의 기색 같은 건 전혀 없다 싶지만 그럴
리가 있나. 혼자 견뎌내고 있겠지. 굳이 물어보지 않는다. 뭐가
힘들었고 이제 좀 나아졌는가고. 모르는 것들은 모르는 채로 내
버려두는 게 좋다.

이 햇살은 몇만 럭스나 되는 걸까. 맑은 날 갯벌에 서 있으면
눈앞에 매달려 있는 터널의 지름이 훌쩍 넓어진다. 직사일광을
피하고 선글라스를 착용하라 했지만, 정모는 그림자조차 숨어버
리는 일광이 좋았다. 장화를 신고 염전 둑을 걸어가는 판도의 뒷
모습이 멀리서 보인다. 웃통은 벗고 밀짚모자를 썼다. 결정지로
가는지 대파소금을 밀 때 사용하는 도구를 들었다.

"소금꽃 보러 갈래?"

"소금도 꽃이 피어요?"

"몰랐어?"

갸웃거리는 이우를 데리고 창고에 들러 장화를 빌려 신고 판
도 뒤를 따라가보았다.

"여긴 유난히 더운 거 같아. 두피가 타버릴 거 같아."

옆에서 보니 콧등에 땀이 송송 맺혔다.

"가장 햇살이 좋은 곳에 염전을 만들거든. 염전 일 하는 사람들은 땀을 비처럼 흘린다. 뙤약볕도 뜨겁지만 일도 힘들지. 네가 여태 먹어온 소금 중 일 퍼센트는 누군가가 흘린 비지땀이야."

이우가 우웩, 토하는 시늉을 했다.

"좀 있으면 소금 축제가 열려. 구경 가봐. 소금 넣은 아이스크림도 맛볼 수 있고 소금가마에 불 때는 것도 볼 수 있어. 작년엔 판도가 시연을 했는데 올해도 아마 그럴 것 같다."

"피, 무슨 축제씩이나."

"지천으로 널렸다고 소금 우습게 보지 마라. 오래전 아프리카에선 금값이었다. 노예는 제 발 크기만한 소금판 하나 값에 팔렸지. 로마의 용병들은 월급을 소금으로 받기도 했고. 샐러리의 어원이 소금이잖니. 저기, 바다 가까운 저수조에선 침전과정을 거치는 거지. 흙이나 죽은 물고기 같은 불순물들. 그런 다음에야 얕은 저수조로 옮겨와. 증발지에서 물이 더 줄어들면 결정을 이루면서 소금꽃이 피기 시작해. 이런 과정이 기후와 습도에 따라 매번 달라져. 결정지의 바닷물은 아주 팽팽해. 소금꽃이 피기 직전엔 염도가 16, 17까지 오르지. 필 듯 필 듯 주춤거릴 때 소금물의 뺨을 후려치면 물이 파르르 성깔을 부리며 꽃을 토해내는 거야. 몽글몽글."

"꽃은 어디 있는데?"

"저기 저, 물속에 하얗게 엉겨 있는."

"그냥, 소금이잖아!"

"꽃이 별거냐. 징허게 모인 기운이 터져나오면 그게 꽃이다."

판도는 가장자리부터 대파질을 하고 있었다. 젖은 소금을 다루는 일은 뼛속의 기운까지 쓰게 한다. 한낮의 태양은 갈색으로 그을린 어깨 위에서 이글거리는데 뜨거움 따위 신경쓰지 않는 듯 대파를 붙들고 있는 모습이 애잔하다. 학교는 다니다 말았지만 제대로 공부한 놈들보다 속이 깊다. 어린 절 거둬줬다고 이삐할미를 표 안 나게 보살폈다. 서운하긴 했겠지만 할미는 판도가 나가고는 자리만 있으면 하소연이었다.

이리 오래 데불고 있어야 될 줄 알았으면 뻘선창에서 슬그머니 손을 놔버렸제. 머리 검은 짐승은 거두는 거 아니라고, 제 앞가림 겨우 하니 뛰쳐나갔지. 하긴 사주에 자식이 없으면 키우는 개도 무단히 집을 나가불드마. 불쌍허지. 어떤 년이 키우지도 못할 새끼를 싸질러서는…… 판도가 옆에 있는데도 동네 사람들에게 매번 하소연을 늘어놓을 때면 말간 눈으로 쳐다보곤 했었다. 이삐 할미는 도리어 눈을 흘겼다. 아이고, 듣지도 못함서 뭔 소린 줄은 귀신겉이 알아.

젖은 소금 긁어모으는 일이 뭐 재미나 보이기라도 하는지, 나도 해보고 싶다, 더 잘할 수 있다, 이우가 방방 뜨기 시작했다.

돌아서 있던 판도 녀석이 대파를 질질 끌며 이쪽으로 왔다. 이삐 할미 말마따나 가끔, 귀가 들리는 놈처럼 보일 때가 있다.

*

엄마는 어디 있어, 이름이 뭐냐, 집이 어디냐…… 둘러선 사람들이 한마디씩 물었다. 꿈속이나 물속에 있는 것 같았다. 판도는 어떡하든 대답을 해보려 했다. 말을 하면 목소리가 나오지 않을 것 같았고 입을 열면 물이 목구멍을 턱 막을 것 같았다. 꼭 쥔 주먹 안에 땀이 미끈거렸다. 손바닥을 바지에 문질렀다. 아무리 용을 써도 입이 열리지 않았다. 벙어리야. 버리고 갔네. 참 어떤 미친년이…… 그 순간 판도의 목소리는 판도의 머릿속으로 옮겨 앉았다.

말을 해보는 건 어떨까. 그런 생각이 드는 때가 있다. 그러니까 사람들 앞에서. 일단 이렇게 시작해야 할 것이다.

저는 사실 말을 할 수 있어요. 들을 수도 있고요.

이를테면 책을 읽다 알 수 없는 어떤 것에 턱 걸려 멈추게 될 때, 이건 무슨 의미예요? 정모 아저씨에게 묻고 싶을 때가 있긴 했다. 이삐 할미와는 말 때문에 불편했던 기억이 거의 없었다.

싫어. 좋아. 그런 단순한 표현은 물론이고 배가 고프다든가 졸린 다든가 춥다든가 하는 것들은 수화조차 필요치 않았다. 굳이 목소리가 아니어도 사람의 몸은 그 정도 말은 할 줄 안다. 어판장에서조차도 말을 못해서 불편하다는 생각은 해본 적이 없었다.

그러니까, 그런 말 말고 다른 말. 말없음이 불편함으로 느껴지는 순간. 몸으로는 할 수 없는 말이 있다는 걸 깨닫는 순간. 가령 이우가 이런 이야기를 들려줄 때.

……팔을 이렇게 벌리고, 눈을 감아봐. 그렇지. 아니, 눈을 감아. 귀로는 들리지 않아도 몸으론 들을 수 있을 거야. 먼바다에 곤鯤이라는 물고기가 살았대. 곤이. 넌 못 봤겠지만 어떤 영화에서 그런 이름을 가진 도박사가 있었어. 정확하게 고니인지 곤이인지는 잘 모르겠네. 여튼 그 물고기가 얼마나 큰지, 등이 몇천 리인지는 알 수 없었다네. 그 곤이 파도를 일으키며 놀다 한번 몸을 뒤치면 거대한 새가 되어 구만 리 하늘 높이로 날아올랐대. 그 날개가 몇천 리라는데, 이 새가 붕鵬이래. 붕은 여섯 달을 날아간 뒤, 남쪽 바다에서 쉰다네. 곤은 또 북쪽 바다 끝에 머무는 바람이래. 이 바람이 파도를 일으키면 한 무리의 일각 고래가 뛰노는 것 같대. 이 바람이 또 붕이라네. 똑같은 이름을 가진 다른 것이 있다는 게 참 위안이 되지 않니? 지금, 우리를 깃발처럼 펄럭이게 하는 이 바람이 거대한 새의 날갯짓이고, 북쪽 먼바다

로부터 쉼없이 달려온 바람의 한 자락이라네. ……떠올려봐. 너무도 아름답지 않아? 아주 먼 옛날에 어떤 아저씨가 쓴 책이래. 이런 얘긴 다 거짓말이라고 생각하는 사람들도 있겠지만 난 아냐. 누군가의 눈동자가 태양처럼 느껴지고 그 안에 풍덩 뛰어들고 싶다는 생각을 해본 적이 있다면 이 이야기의 아름다움도 느낄 수 있어.

이우의 말소리는 동굴 안쪽 벽에 부딪쳤다가 되돌아나온다. 눈을 살짝 뜨고 곁눈질로 내려다보았다. 감은 속눈썹이 바르르 떨리고 있다. 손톱 한마디만큼 새로 돋아난 정수리의 머리카락이 유난히 검다.

처음엔 짱뚱어를 닮았다고 생각했다. 철없고 막무가내. 통통거리며 나타나 눈을 도릿도릿 굴리다가도 구멍 속으로 쏙 들어가버리는. 며칠 전엔 배를 밀어내고 있는데 기어이 따라나섰다. 배에 누가 탄 건 처음이었다. 물고기를 입으로 낚을 기세더니 라면 하나 끓여먹고 돌아오는 길에 깊은 잠에 빠져들었다. 말을 멈추면 그 틈으로 무언가 들이치기라도 할 듯 쉴 틈 없이 조잘거리던 입을 다문 채 깊은 잠에 빠진 얼굴이 너무 연약하게 보여 깜짝 놀랐다. 그물 내리고 올릴 때 뭘 한 게 있다고 손바닥은 껍질이 벗겨져 있었다. 포구에 닿을 때쯤 일어나는데, 차일 바깥으로 나가 있던 다리가 찐 게처럼 되었다. 빨갛게 익어버린 무릎을 보더니 또 사진을 찍었다. 그걸 어떻게 했는지 호주머니 안에서 딩동, 소리가 연이어 들려왔다. 그러고 나서야 따갑다고 팔딱팔딱 뛰었다.

창고 구석에 버려져 있던 자전거를 손질해준 후론 섬 여기저기는 물론이고 노둣길을 따라 옆 섬까지 다녀오는 걸 보면서 칠게를 닮았다고 생각했다. 하릴없이 온 갯벌을 헤집고 다니는. 어제는 들어오는 길에 칠게를 한 소쿠리 잡아다주었더니 질색을 했다. 이렇게 어린 걸 왜 잡았어? 아저씨가 넘겨보며 입맛을 다셨다. 튀김 하면 맛있겠다. 너도 들어와서 먹고 가라. 아저씨가 냄비에 기름을 올리고 밀가루를 푸는 동안 판도가 칠게를 씻었다. 소쿠리째 씻어 물을 탁탁 털고 바둥거리는 놈들 위에 밀가루를 솔솔 뿌리고는 무른 반죽에 쏟았다. 달구어진 냄비에 한 마리씩 집어넣자마자 칠게들은 집게발을 활짝 벌린 채로 멈추었다. 너무 잔인해. 이걸 어떻게 먹어! 불쌍하게…… 발을 동동거리는 이우에게 아저씨가 노릇하게 익은 걸 하나 먼저 집어주었다. 후후 불더니 바슬바슬 소리가 나게 씹으며 울 듯 그랬다. 이렇게 맛있는 걸 왜 이제야 해주는 거야. 한 소쿠리 튀긴 걸 셋이 한자리에서 다 먹어치웠다.

올해 처음 핀 소금꽃을 보았던 아침엔 그 소금꽃을 닮았다 생각했다. 짜디짠 기운으로 제 슬픔을 절이다 못해 하얗게 엉겨드는. 선실에서 처음 무지개 같은 머리카락을 보았을 땐 살짝 맛이 간 앤 줄 알았는데.

거침없이 달려온 바람이 동굴 천장에 부딪쳐 위이이잉 울었다. 둘이 앉아 있는 절벽을 삼킬 듯 덮친 파도가 바다 괴물의 이빨같이 온통 하얗게 흩어진다. 멀리서 마른천둥이 쳤다. 흰, 투명하게 부서지는 번개가 하늘의 뿌리처럼 드러났다 사라진다. 먼 섬이 아슴아슴 멀어진다. 비가 오고 있는 것이다.

할미 치맛자락을 붙들고 섬에 발을 디딘 첫 순간부터 판도는 이 풍경을 사랑했다. 하지만 지금 이 순간만큼 사랑한 적은 없었다.

*

이런 촌구석에서 흔히 볼 수 있는 옷은 아닌데. 자잘한 물방울 무늬가 박힌 원피스는 아마도 리넨처럼 보였다. 민소매의 단순한 라인이었고 둥근 목선의 가운데 천으로 된 끈 리본이 묶여 있었다. 원피스 끝자락 아래로는 레이스로 된 흰 속바지가 드러났다. 일부러 약간 보이게 디자인한 것 같았는데 확실히 그 속바지 때문에 사진의 주인공은 어딘가 사랑받고 자란 아이처럼 보였다. 앞 광대 쪽 볼이 위로 밀려올라갈 듯 통통했는데 카메라 앞에서 웃는 기색이라곤 없었다. 동그란 눈, 앙다문 입술이 고집스럽게 보인다. 차렷 자세로 서 있는 아이의 가슴께 뒤로 수평선이 가로질렀다. 딛고 선 모래밭은 희끗하고 하늘과 바다는 구별이 잘 되지 않는 푸른색이었다. 화면을 가로 분할한 추상화 앞에 서 있는 것처럼 보였는데 희고 짙푸른 색의 대비가 아주 뚜렷한 걸로 보아 정오를 전후한 무렵 같았다.

앨범을 넘기던 이우는 그 사진에서 눈길이 멈추었다. 방구석의 서랍장에 들어 있던 앨범이었다. 스테이플러를 찾느라 뒤지다 눈에 띄길래 꺼내서 펼친 참이었다. 이우가 들어오면서 이 방에 있던 짐들을 대충 정리해놓은 듯 잡다한 것들이 뒤섞여 있는 서랍 속에 들어 있던 앨범엔 사진도 몇 장 되지 않았다. 정작 아저씨의 어린 시절 사진은 별로 없었고 고등학교 시절의 사진, 입학식인지 졸업식인지 모를 식장에서 찍은 사진, 여행지에서 찍은 사진 같은 것들이 참으로 순서 없이 들어 있었다. 그 사진은 한 페이지에 그냥 한 장만 딱 꽂혀 있었다. 누군가. 어딘가 낯익은 듯한 얼굴. 사진을 들고 나와 차를 마시고 있는 아저씨에게 보여주었다. 얘 누구예요? 아저씨는 사진을 쳐다보았는데, 딱히 사진을 쳐다보는 것 같지는 않았다.

"이거, 너야."

"나라고?"

이우는 다시 사진 속 아이의 귀를 들여다보았다. 그러고 보니 터질 듯 통통한 볼 옆으로 조랭이떡 모양으로 귓바퀴 가운데가 잘록 들어간, 약간 기형적인 귀 모양이 낯익다.

"근데 내 사진이 왜 여기 있어?"

"응, 혹시 못 알아볼까봐 엄마가 보내줬어."

"어릴 땐 귀여웠네."

"지금도 귀엽지."

"근데, 여기가 어디야? 이 동네 같아."

"글쎄다. 그럴 리가."

*

"하늘에서 본 지구, 를 누구나 찍을 수 있게 된 거지. 기다려봐."

드론이란다. 정모는 속으로 생각했다. 찍어서 뭘 할 건데? 장난감처럼 단순한 모양새치곤 프로펠러가 회전하며 내는 소음이 암팡지다. 뜨악하게 쳐다보고 있었는데 저도 모르게 하얀 물체를 따라 고개가 젖혀진다. 가볍게 떠올라 훌쩍 허공으로 올라간 후에는 비행이 한층 여유롭다. 카메라까지 장착했다는데 갯벌에라도 처박혀버리면 어쩌나 싶은데 정작 리모컨을 쥐고 있는 태원은 그러라지, 하는 표정이다. 매번 새로운 장난감을 원 없이 가질 수 있었던 어린 시절처럼.

"그새 프로펠러만 두 번 해먹었어."

말은 그렇게 해도 드론은 소금 창고 위에서 안정적으로 맴을 돌고 있다. 움직임이 그리 빠르지 않은데도 정모의 눈은 드론의 동선을 쉬 따라잡지 못한다. 허공에다 굵고 검은 선을 마구 칠해 놓은 것처럼 잔상이 어지럽다.

단조로운 비행에 금방 싫증이 난 듯 곡예비행을 시작한다. 리모컨을 들고 있는 태원의 표정이 선물받은 장난감을 사흘째 주무르고 있는 어린아이 같다. 한껏 솟구친 드론이 바다 쪽으로 멀어졌다. 급기야 햇살에 찔린 눈이 시큰거리며 눈물이 난다. 창고 쪽으로 돌아와 낮게 선회하던 드론은 모서리에 프로펠러가 걸리면서 결국 갯벌에 처박혀버린다. 부러 그러기라도 한 듯 태원은 천천히 걸어가 드론을 들고 돌아왔다. 프로펠러 날개가 부러져 달아나고 몸체엔 뻘이 잔뜩 엉겨 있다.

"카메라는 괜찮아. 사진, 볼래?"

"과학이 필요 이상 과도하게 발전하는구나. 그런 게 왜 필요하지? 여기선 육안으로 보는 게 훨씬 구체적이야."

"언제나 그렇게 말하는 사람들이 있지. 티브이도 필요 없다, 휴대폰도 필요 없다. ……결국엔 외면하지 못할 걸 말야. 티브이가 처음 나왔을 때 어떤 바보는 장담했지. 몇 달 지나지 않아 사람들은 이 장난감에 싫증을 낼 거라고. 이 작은 날틀도 이젠 어떤 식으로든 뗄래야 뗄 수 없는 무언가가 될 거야. 이를테면 택배의 사각지대인 이 갯벌까지도 특급 배송이 가능해지는 거지. 이걸로 할 수 있는 무궁무진한 아이디어들이 쏟아져나오고 있어. 먼저 뛰어들고 먼저 계획하는 자들이 독식하는 세계."

"불길한 예감이네. 그런 세계로부터 막 도망쳐 나온 참인데."

"느려. 한없이. 여기서는 모든 것이 미치도록 느려. 바깥은 빛의 속도로 움직이는데. 이런 걸 사용하면 시간도, 인건비도, 시스템도 줄일 수 있어."

"그럴까. 사하라에선 여전히 낙타로 소금을 실어나르지. 트럭으로 하면 더 빠르고 경제적이라는 걸 그 사람들도 모르지 않겠지. 소금을 나르는 덴 수만 마리의 낙타가 필요해. 사막에 사는 사람들은 매년 수천 마리의 낙타를 사육해서 수입을 얻을 수 있지. 그만큼의 사람들이 낙타 몰이 일을 가질 수 있게 되고. 그들이 밤을 지내야 하는 곳에선 숙식을 제공하는 사람들이 생계를 이어갈 수 있겠지."

엷은 색의 선글라스 안으로 짜증스럽게 찌푸린 태원의 눈빛이 보인다. 태원은 드론을 백팩에 넣어버리곤 소금 창고 쪽으로 성큼성큼 앞서 걸어간다. 그 뒷모습에 오래전 잊었다 여겼던 장면이 겹쳐져 정모는 태원의 등이 창고 속으로 사라진 후에야 걸음을 떼었다. 영도의 뒤에서 그림자라도 밟을세라 어깨를 굽신거리며 따르던 아버지. 바로 이 창고였던가. 덴 흉처럼 정모의 마음속에 새겨진 그 오후의 일은.

찐 고구마를 싸주며 창고에서 일하는 아버지 갖다드리라는 엄마의 심부름이었으니 아마도 가을이었을 것이다. 그해 처음 캐온 고구마였다. 섬의 바람찬 비탈면에 버려진 땅은 어찌나 가파르던지 고구마를 캐다 놓치면 데구르르 굴러 시퍼런 바다로 퐁당 떨어져내렸다. 정모가 제법 자란 후에도 엄마는 밭 쪽으론 발도 못 딛게 했다. 고구마 하나가 경사면을 굴러내릴라치면 위에서 보고 있는 사람의 마음도 같이 굴러내렸다. 임자 없는 땅에 심은 고구마는 달기는 아주 그만이어서 겨우내 간식이 되어주었다. 고구마를 들고 갯둑을 달리다보니 마침 썰물 때였고 칠게들이 한창 노닐고 있는 게 보였다. 칠게장을 좋아하는 아버지 생각이 나 한 되나 되게 주워 담고는 소금 창고로 달려갔다. 앞에서부터 하나씩 기웃거리며 아버지를 찾는데 마침 영도가 창고 안을 들여다보고 서 있는 게 보였다. 정모는 그 뒤에 서서 영도의 어깨 너머로 안을 기웃이 들여다보았다. 등을 보이고 선 아버지

가 검은 비닐봉지 하나를 배서방 손에 들려주고 있었다. 소금이
었을 것이다. 창고 안에 다른 건 없으니. 비싼 게 아니다보니 집
에서 쓰는 정도는 그냥 가져다 먹곤 했다. 영도와 아버지 사이에
소금 산의 경사면이 있었다. 영도가 작은 목소리로 무언가 중얼
중얼했다. 바로 뒤에 있는 정모도 알아들을 수 없을 만큼 웅얼거
리는 목소리였다. 영도는 문 옆에 세워져 있는 대파를 집어들었
다. 그러고는 아버지와 배서방 쪽으로 서두르지 않고 걸어갔다.
마침 이쪽을 돌아본 아버지와 배서방이 인사를 하고는 그가 지
시할 일을 귀담아듣겠다는 듯 쳐다보았다. 그 옆으로 다가간 영
도는 대파로 아버지 머리통을 사정없이 내리쳤다. 딱 한 번으로
그쳤다. 대파 중간이 부러졌고 아버지는 쓰러졌으니까. 그러니
까 때리면서 동시에 밀어젖힌 모양새였다. 영도의 표정은 미친
사람 같았다. 이상한 흥분 상태에 빠진 듯한. 영도는 침울한 얼
굴로 배서방을 쳐다보며 타이르듯 조곤조곤 그랬다. 소금 한 됫
박 우습게 아는 놈은 소금 창고에서 일할 자격이 없다. 종놈 열
이 있으면 뭐해. 병신 상전 하나를 못 당한다. 그날 영도가 깨우
쳐주려 한 건 소금의 가치가 아니라 훼손되어선 안 되는 제 권위
에 대한 시위였을 것이다. 배서방은 비닐봉지 든 손목을 자르고
싶다는 표정으로 서 있었고 아버지는 튕기듯 벌떡 일어섰다. 정
모가 달려가 터진 이마를 살펴보려 하자 아버지는 손을 내저었

다. 밖으로 터지는 건 괜찮다. 터져서 피가 나면 안은 괜찮다. 손사래를 치는 눈동자가 의안처럼 말끔했다. 아버지도 정모도, 그 일은 두 번 다시 얘기하지 않았다.

태원의 등에 그날 영도의 등이 겹쳐져 정모는 잠시 먼 데를 바라보았다.

정모가 들어서자 기다렸다는 듯 태원과 이우가 동시에 쳐다보았다. 이 낯선 얼굴은 누구인지 묻는 표정. 하필 얘가 여기 있었구나. 오늘 태원이 여기 나타날 줄은 정모도 몰랐다. 동그랗게 뜬 눈 때문인지 둘이 닮기조차 했다. 연수 얘긴 하고 싶지 않았다.

"조카야."

말이 그렇게 나왔다. 면장갑을 끼고 있던 이우가 바닥으로 눈길을 내렸다.

"이렇게 발랄한 조카가 있었어? 이건 뭐, 무지개 아가씨네. 재구 아재네 딸?"

"아니…… 이우야, 삼촌 친구야."

안녕하세요, 눈치는 있어서 조그맣게 인사를 하고는 주춤주춤 바깥으로 나가버린다.

"완전 날라리네. 아직 학생인 것 같은데. 사고 치고 온 거야?"

"아냐. 몸이 좀 안 좋아서 휴양차."

"그래? 얼굴이 좀 푸석해 보이긴 한다. 애를 뱄나?"

농을 하다 정모의 싸늘해진 표정에 말꼬리를 흐리고는 서가에 꽂힌 책들을 새삼 둘러보았다. 가까이 가진 않고 선 자리에서 고개만 외로 돌려.

"책! 좋지."

무슨 얘기를 하러 온 건가. 지난번 점심을 먹으며 어렵게 얘기를 꺼내길래 딱 잘라 말했다. 계약서 쓰고 시작한 건 아니지만 일이 얼마나 진척되었는지 너도 알고 있지 않나. 처음부터 땅에 대한 욕심은 전혀 없었다. 아니 창고가 장학재단에 포함되어도 개의치 않는다. 오히려 그렇게 되었으면 나로선 좋겠다. 내가 언제까지 할 수 있는 것도 아니고. 그렇게까지 얘기했다. 태원도 그 정도 선이라면 타협이 가능할 것 같다고 세부적인 건 조율해보겠다 하곤 헤어졌는데.

"선착장에서 여기 오는 중간에 우리 땅이 있어. 너도 알지? 거기다 복합 건물을 하나 올릴 계획이야. 아버지 컬렉션 해놓은 걸로 박물관이나 하나 운영해볼까 해. 스틸 하우스로 깔끔하게. 넉넉잡아도 육칠 개월? 거기 한 층을 전부 사용하게 해줄게. 실건평이 한 칠십 평 정도니, 여기 섬 규모를 생각하면 넘치지. 관리도 편하고 접근성도 좋고. 코너 한쪽은 카페로 하면 운영비도 조달할 수 있고. ……어때?"

"문화시설이라 허가도 쉽사리 나겠네. 유리와 철근으로 지어

놓으면 자세도 나오고. 여기 수리하면 저쪽 널이 빠져 달아나는 창고와는 비교가 안 되겠지. ……누구 아이디어야?"

"내 생각이야."

"그런가? 아버지를 설득하지 못한 모양이지?"

"설득이라니. 아버지는 콘크리트야. 그냥 내가 한 말에 대한 책임을 지겠다는 거지."

뒤에서 무언가 와르르 쏟아지는 소리가 났다. 자재를 싣고 들어온 태양설비 최씨였다. 창고 안에 계단식 의자를 만들 목재였다. 어린이용 창고 하나는 책상을 두지 않고 계단을 만들어 거기 앉거나 누워서 책을 읽을 수 있도록 하자는 건 이우 생각이었다. 나쁘지 않아 일단 한 곳만 해보기로 했다. 최씨가 담배에 라이터를 켜대며 들으란 듯 구시렁댄다.

"아무리 하늘엔 조물주 땅엔 건물주라지만, 이건 아니지. 우습게 보일지 몰라도 이 년째 공사야, 이게. 솔직히 갯벌에 뭘 임자야. 이거 어떡해. 도로 들고 나가? 들고 나가서 요 앞바다에 확 던져부러?"

노가다판에서 뼈가 굵은 최씨가 욕설이라도 뱉을 기세로 원목 더미를 발로 퍽퍽 찼다. 말은 그렇게 하고선 뱃머리에 남아 있는 목재를 마저 실어오겠다며 돌아갔다.

"넌 모르겠지만, 나는 여전히 아버지가 두렵다."

"사마천이 그랬던가? 사람은 저보다 열 배 부유하면 시기하지만 백 배 부유하면 두려워한다고. 네가 두려운 건 아버지가 아니고 아버지가 가진 돈이겠지."

"뭐, 그럴지도. 여길 버려두다시피 했던 아버지가 왜 그렇게 나오는지는 나도 모르겠어. 여기 네가 쏟은 정성은 알아. 근데 이게 내 한계야. 한 일 년 늦게 시작했다 생각해."

"새로 짓겠다는 건물은 아버님 허락받은 건가? 그것도 그냥 네 머릿속 구상? 아버님이 왜 그러시는지 정말 모르나?"

안다는 듯 모른다는 듯 태원은 무력한 눈빛으로 정모를 바라보았다.

"넌 일찍 육지로 나갔지. 너보단 내가 아버님과 같이 보낸 시간이 좀 많아. 이 섬에서, 그것도 딱 붙은 집에서."

그러고 있는데 판도가 불쑥 들어섰다. 입이 쑥 나와서는 인사도 안 하고 분류해놓은 책 박스 쪽으로 가더니 손가락으로 바깥을 가리켰다. 정모가 고개를 끄덕이자 박스 두 개를 번쩍 들어올려 카트에 싣고는 고개를 갸웃했다. 정모가 손가락 셋을 펼쳐 보이자 카트를 밀고 나가는데 문을 채 나서기도 전에 태원이 혀를 찼다.

"츳, 벙어리 셋이 모이면 접시가 깨진다더니. 엄청 시끄럽다야. 사람 노릇은 하나?"

"보시다시피."

심상찮게 싸늘한 정모 말에 뭘 그러냐는 듯 중얼거린다.

"안 들리잖아."

"소리가, 귓구멍으로만 들리는 건 아니야."

나이가 들면서 태원은 놀랍도록 아버지를 닮아간다. 저는 펄쩍 뛰겠지만. 냉동 창고 속 생선처럼 차갑고 무감각한 제 아버지. 친구 아버지로서의 영도는 아들이 더 이기적이고 더 강해지기를 쉼없이 요구했다. 그런 아버지를 못 견디고 달아났다 돌아온 후로 태원은 알게 모르게 제 아버지를 닮아갔다.

영도에게 정모는 여전히 그림자의 그림자여야 했다. 영도는 어쩌면, 여태 기다렸을지도. 방치되어 있던 창고들을 손보고 서가와 책상을 맞추어 넣고, 원형을 훼손하지 않으면서 리노베이션을 하는 동시에 창고 사이 연결된 둔덕을 걷기 편하도록 반반하게 정리하고, 그 양쪽으로 염생식물들을 조화롭게 배치하고 그 모두가 제법 꼴을 갖추게 되기까지.

"다른 장소로 옮길 계획은 없어. 아버님께도 전해드려. 그러기엔 늦었다고."

태원이 눈을 가늘게 뜨고는 바다를 바라보았다.

"내가 여기 내려온 게 벌써 이 년이네. 이렇게 오래 머물게 될 줄도, 이 일을 시작하게 될 줄도 몰랐어. 최소한의 짐만 꾸려서 내려왔지. 그렇긴 해도, 그때부터 내 유일한 도덕의 기준은 있었지. 그리 대단치는 않지만. 뭔지 아나?"

태원이 정모를 쳐다보았다.

"나의 행복이야."

선언하듯 말하는데, 눈의 바깥쪽으로 커튼이 드리워지며 태원의 윤곽이 살짝 찌그러져 보인다. 태원이 아이 같은 표정으로 물었다.

"왜?"

"왜는 무슨. 봐. 드론 말고 네 눈으로. 어릴 땐 몰랐는데, 이 섬이 도서관이야. 시간의 도서관. 백 년 전이 바로 내 발아래 있고 천 년 전이 산자락에 남아 있어. 오천 년 전의 수메르 문자로부터 비롯된 책들이 깃들기엔 가장 적합한 곳이라는 생각이 새삼 드네."

*

몽돌밭을 지나와 모래 위로 무심코 서너 걸음을 걷다 하마터면 넘어질 뻔했다. 맨발이 모래에 닿았다. 아악 비명을 지르며 팔딱팔딱 뛰었다. 불에 볶은 듯 달구어진 모래에 슬리퍼 바닥이

녹아내리고 발가락엔 고리만 걸려 있다. 아아아아 비명을 지르며 바다 쪽으로 달려갔다. 풍덩 뛰어들자 발바닥이 아릿했다. 여름이 절정이었다.

판도가 가르쳐준 수영은 풀장에서 배운 것과는 달랐다. 물속에서 한 시간을 머물러도 피곤하질 않았다. 수평선을 향해 지치도록 나가다 눈을 감고 드러누우면 바다는 제 등에 이우를 얹고는 가만히 흔들어주었다. 쏟아지는 햇살이 감은 눈꺼풀 안에 오만 가지 색채와 무늬를 그려낸다. 지치도록 바다에 누워 있다 나왔다. 손이 쪼글쪼글. 발도 쪼글쪼글. 물에 들어가 있을 땐 쪼글쪼글이 시계가 되어주었다. 시간이 이렇게 흐르는 줄 몰랐다. 그사이 모래는 식어 따뜻한 온기가 편안하다.

그사이 판도는 배로 돌아와 있었다. 들어가보지 않아도 그쯤은 알 수 있다. 어쩌면, 그 새벽 물이 종아리와 무릎과 허벅지를 지나 점차 올라올 때, 누군가 바다 쪽을 빤히 쳐다보고 있다는 걸 알고 있었던 걸까. 때론 모르는 채로 알고 있는 것도 있다는 걸, 여기 와서 알았다. 돌이킬 수 없이 기울어진 돛대가 찌이 경찌이경 울었다. 삭아서 풀어진 삼밧줄이 머리카락처럼 올올이 흩날렸다. 가까이 가니 현창에 책이 떠 있다. 걸어오는 걸 보고 얼른 집어들었겠지. 문을 열고 들어가도 모른 척 매달려 있기에 배꼽을 손가락으로 폭 찔렀다. 배고프단 얘긴 줄 알았는지 한

숨을 쉬며 내려온 판도가 무화과를 가져다주었다. 섬엔 무화과가 지천이었다. 처음 올 때만 해도 구슬 같은 진초록 열매가 이파리 아래 숨어 있더니 어느새 불다 만 풍선처럼 굵어졌다. 껍질째 베어먹으니 어쩌나 달콤한지 귓구멍이 다 간질거렸다. 흰 즙이 묻어 진득한 손가락으로 귀를 파면서 계속 먹었더니 들고 가라며 접시째 손에 들려주었다. 손가락이 그릇에 쩍쩍 들러붙었다. 저녁을 먹고 무심코 무화과를 집어먹던 아저씨가 그릇을 눈앞에 들어올리고는 눈을 가늘게 떴다. 이거 어디서 났어? 응, 판도가 줬어. 무화과 말고, 그릇. 그러니까 판도가 줬어. 얘가…… 이게 어디서 났을까? 이게 분청인데. 도자기? 응, 연도가 상당해 보이지 않니? 이게? 수평도 맞지 않고 색깔도 일관성이 없고…… 네가 워낙 눈이 없어서 그렇지, 이게 예사롭지가 않아. 이 녀석이 물속에서 꺼낸 것 같은데. 물속이면 바다? 그게 왜 바다에 있어? 여기 앞바다가 옛날 조운선이 다니던 뱃길이었거든. 조운선이 뭔데? 지방에서 나라에 바치던 세곡이나 공납품을 운반하던 배지. 마포에 광흥창이라고 나라 곳간이 있었어. 거기까지 싣고 간 거지. 광흥창은 우리집 근처 지하철역 이름인데? 생긴 지 얼마 안 됐어. 이노무 자식아. 옛날 지명을 빌려 쓴 거지. 너 국사시간에 이런 거 안 배웠어? 서울대 갈 거 아니면, 국사는 선택 안 해도…… 아저씨는 한숨을 폭 쉬었다. 여튼 그 시절 가라앉은 배에 있던 게 아닌가 싶다. 요 근처에서 발굴된 것도 몇 척 있거든. 아저씨는 무화과를 내려놓고 접시를 뒤집어 본격적으로 살펴보았다. 아저씨, 근데 뭐가 고민이야? 주운 사람이 임자 아닌가? 그게 그렇지가 않다. 이건 홍어나 전복하곤 달라. 발견하면 바로 신고를 해야 돼. 판도가 건져낸 건데? 근데 왜 하필이 동네야? 여기 바다가 얌전한 거 같아도 조류가 아주 세찬 지점이 있어. 명량해전을 펼친 울돌목 같은? 수업시간에 아주 자버린 건 아니네? 그런 건 영화에서 배운 거지. 근데 뱃사람이면 그런 지점을 알 텐데 왜 하필 그쪽으로 갔을까? 실제로 조류에 휩쓸렸을 수도 있고, 휩쓸려 난파한 것처럼 꾸몄을 수도 있고. 왜? 배에 잔뜩 실린 세곡이나 공물 같은 걸 빼돌린 후에 일부러 침몰시켰으리라고 추정해볼 수도 있지. 걔 배에 이런 거 되게 많아. 아저씨는 고개를 갸웃하고는 무화과 하나를 입에 넣고 우물거리며 말했다.

"따뜻하게 대해줘. 불쌍한 애야."

"서커스에서 주워 왔다며?"

"네가 어떻게 알아?"

"탱자 할미가 그랬어. 내버려두면 굶어 죽거나 얼어죽거나 둘 중 하나였을 거라고."

마음에 없는 말은 못하는 강직한 성격이다보니 정말 얼굴 마주보면 이삐 할미 소리가 안 나왔다. 검초록의 자잘한 열매가 달린 할머니네 생울타리가 탱자나무라는 얘길 듣고 난 뒤부터는 탱자 할미라 부른다. 할머니는 못마땅한 기색이 역력했지만 세월과 햇빛에 실컷 두드려 맞은 그 얼굴엔 탱자 할미가 딱이다.

"할머니도 참. 판도 없었으면 지금 어쩔 뻔했어. 외롭던 참에 앞뒤 안 보고 담쏙 데려온 거지. 다 키운 아들 셋을 모두 바다에 묻고, 하나도 찾질 못했거든. 그것도 잊을 만하면 한 번씩."

"어쩌다!"

"여기선 그래. 터무니없는 죽음도 악다구니 같은 억센 슬픔의 순간이 지나가면 곧 일상이 돼. 밀물과 썰물을 받아들이듯, 받아들이는 거지. 슬픔이 살이 된다더니 아들 제삿날도 밥을 고봉으로 한 그릇 드시긴 하더라."

"불쌍해."

"그러니 이삐 할미라고 불러드려."

"아니, 판도가."

이 섬 사람들 사는 형편은, 갓 잡은 학꽁치 옆구리처럼 말갛고 투명하기만 한 줄 알았다. 겹이 있고, 모퉁이가 있고, 닫힌 문 뒤가 있다. 아저씨가 문을 활짝 열어젖히듯 갑자기 물었다.

"너, 어판장 나갔었니? 언제? 판도랑? 누구, 만났어? 얘기도 안 하고 네 맘대로 돌아다니면 어떡하냐."

이게 질문인가 혼내는 건가. 이우가 눈을 깜박이고 있자, 또 열린 문을 닫아버리듯 그랬다.

"됐다."

                              *

"나 누구게?"

츳, 정모는 짜증스레 혀를 차며 탁 털어내듯 손을 쳤다. 조건반사 같은 것이었다. 손바닥이 닿았던 눈두덩에 따뜻하고 촉촉하고 말랑한 느낌이 남았다. 고개를 돌리면서야 나 누구게, 코끝에 걸린 목소리에 유난히 어리광이 묻어났다는 생각이 들었다. 이우가 놀란 얼굴로 뒤로 주춤 물러섰다. 점심을 먹고 나와 바람을 쐬고 있던 참이었다. 자전거 타고 나왔다 갯둑에 앉아 있는 걸 보고 장난을 치고 싶었겠지. 그것도 여기 온 이래로 처음.

"미안해요, 아저씨."

"그게 아니고, 그냥 좀 놀랐어. 내가 미안하지."

눈에 눈물이 그렁해졌다. 참 대찬 척하더니.

"뭘 좀 생각하느라 옆에 오는 줄 몰랐다. 내가 원래 참 둔한 사람이야."

그렁했던 눈물이 툭, 툭, 급기야는 후드득. 난감하네.

"버릇없이 군 거 미안해요. 눈치 없이 폐를 끼친 것도. 다, 미
안해요."

급기야 허엉허엉 울며 쏟아내는 말이 대충 그런 의미로 들렸
는데 참 그게 그렇게 서러울 일인가, 싶은 한편 짠했다. 무심코
있다 놀라기도 했지만, 눈에 대해선 어쩔 수 없이 예민했다. 옆
에 앉히고는 어깨를 다독였다.

"이 녀석아. 누가 보면 때린 줄 안다."

"차라리 맞은 거면 이렇게 슬프진 않겠어요."

서럽게 울면서도 한마디도 그냥 넘어가는 법이 없다.

"이우야. 들어봐라. 내가 눈이 좀 아파서 그랬어."

"그게 그렇게 아팠어?"

"그 때문이 아니라, 원래 문제가 좀 있어. 예민해져서 그런지
눈 가까이 뭐가 다가오면 공포감이 들어. 그래서……"

이번엔 젖은 눈으로 정모의 눈을 빤히 들여다보았다. 누구에
게도 한 적이 없는 이야기를 얘한테 하게 될 줄은 몰랐다. 야맹
증인가, 생각했어…… 다음 얘기를 계속하라는 듯 이우는 무릎
을 접어 거기 턱을 괴었다. ……노안이 올 나이는 아니었다. 근
시는 원래 있었지만 안경을 쓰면 별 불편 없이 지내왔다. 밤에
자동차 운전을 하면 긴 터널 속을 달릴 때처럼 시야가 좁아지

긴 했다. 갑자기 어두운 곳으로 들어가면 잠시 동안 사물이 보이지 않았다. 영화관 같은 델 들어가면 암순응이 느리다못해 자리 찾기가 어려웠다. 술을 마신 다음날이면 조금 더 심했다. 사무실 책상 모서리에 부딪쳐 허벅지에 퍼렇게 멍이 들곤 했다. 일조량이 부족한 날엔 눈 가장자리에 커튼 한 자락이 내려진 듯했다. 헛손질을 하다 건물 바깥이란 걸 깨닫고는 근처 병원에 들렀다. 의사는 망막 쪽 문제인 것 같다며 전문 병원을 연결해주었다. 단순 시력검사부터 조영술, 단층촬영까지 마친 의사는 두개골과 안구, 안구 주변의 신경망이 그려진 해부도를 펼쳐놓고 볼펜으로 부위를 짚어가며 친절하게 설명을 해주었다. 점안제 탓인지 시야가 부옇게 풀어져 볼펜 끝이 보이지 않았다. 이 부분, 황반이라고 부르는 곳입니다. 시신경이 모이는 곳이죠. 카메라로 치면 필름 같은 곳입니다. 이 시신경 세포가 소실되고 있는 중입니다. 치료제는 아직 없고 적용할 수 있는 수술 방법도 없습니다. 영양 보조제를 처방하고 주사 요법을 쓰겠지만 증상을 지연시키는 쪽입니다. 의사는 더 궁금한 게 있냐는 듯 정모를 쳐다보았다. 나빠진다면 어디까지? 실명이 올 수 있습니다. 그게 언제쯤입니까? 개인차가 있어요. 이런 상태로 꽤 오래 버티기도 하고, 급격히 나빠지는 수도 있고. ……겨울 들면서 자각증상은 조금 더 심해졌다. 사물의 윤곽이 찌그러져 보이거나 검게 보이

기도 했다. 걸음이 약간 느려졌다. 일조량이 부족한 날엔 종이에
다 구멍을 뚫어놓고 들여다보는 것 같았다. 공포심이 들었다. 병
원에선, 처음 내원했을 때보다 급격히 나빠진 게 아니라며 스트
레스가 병에 좋을 게 없으니 마음을 편하게 가지라 했다. 문제
는 그게 엉덩이가 아니라 눈이라는 것. 아침에 깨어 눈을 뜨는
첫 순간부터 병은 콘크리트처럼 마음을 짓눌렀다. 못 견딜 일이
었다. 겨울의 끝에 여기로 내려왔다. 그냥 도망칠 장소가 필요했
고, 넘치는 일조량이 필요했다. 의사는 자외선이 나쁘다 했지만,
원인도 과정도 결과도 모르는 주제에 뭔 조언이야, 싶었다. 마지
막 진료 때 다시 물어보았다. 몇 년 정도 남았습니까? 사 년, 어
쩌면 육 년 정도. 넉넉히 준 셈이지요? 정모가 웃자 의사도 웃었
다. 좀더 일찍 알았더라면 예후가 나았을까요? 의사가 대답했
다. 차라리 늦게 안 게 정신 건강엔 좋았을 겁니다. 저도 그렇게
생각합니다.

　애기가 끝나고도 이우는 동그랗게 앉아서 갯벌만 쳐다보고 있
었다. 뻘기들이 그새 흰 꽃을 몽글몽글 피웠다.

　"……뭐 운이 좋으면 죽을 때까지 이렇게 저 바람, 먼 섬, 흰
구름을 볼 수도 있다네."

　이건 희망도 뭣도 아닌, 거짓말에 가깝다. 다시 허엉허엉. 그
울음소리가 정모에겐 서럽고도 따뜻하게 들렸다. 슬픔이라는 그

룻에 담긴 따뜻함이라면 그 힘으로 당분간은 팔을 돌리며 달려 갈 수 있지 않겠나. 어쩔 수 없어 얘길 하게 됐지만, 하고 보니 이 얘기를 누군가 한 사람에게는 하고 싶었다는 생각이 들었다. 그것도 아주 간절히.

*

"저녁에, 물속에서 눈을 감으면 그래. 태이의 숨결이 묽은 콘 크리트 반죽처럼 내 몸을 휘감아."

젖은 몸에 후드 티를 걸치며 혼잣말처럼 중얼거린다. 둘이 지 치도록 바다에서 헤엄치다 나와 절벽 쪽으로 기어올라온 참이 었다.

이우는 이제 물과 다투지 않는 법을 배웠다. 처음엔 정말 웃기 지도 않았지. 물속에서 참방거리는 걸 옆에서 보니 희한한 동작 을 하고 있었다. 다리를 뻣뻣하게 펴서 세차게 물을 차는 동시에 팔을 갈퀴 삼아 물을 긁어대는 게 쥐가 난 줄 알았다. 그 와중에 고개까지 급하게 꺾으며 파, 파, 급한 숨을 내쉬었다. 그러다 파 도라도 맞으면 영락없이 물을 먹을 수밖에. 물과 각을 세우면 파 도 속에선 십 분을 버티기도 힘들다. 결국엔 파도에 휘말려 바닥을 치고는 허우적대는 걸 팔을 붙들어 꺼내주었다. 그러는 게 아니라고, 그냥 숨을 머금은 채로 몸을 편하게 늘이고 나아가는 자세를 보여주었다. 발장구의 속도와 각도도 두어 번 오가며 보여주었다. 파도가 다가오면 너울 위로 어떻게 몸을 얹어야 하는지도. 요즘은 제법 익숙해졌다. 보는 사람까지 편안했다. 물에 익숙해진 후부턴 이렇게 꼭 저녁 무렵에 물에 들어가곤 했다.

절벽 아래엔 동굴이 하나 있다. 높이는 겨우 앉은키 정도이지만 꽤 깊고 안쪽은 입구보다 넓었다. 턱에 걸터앉으면 꽤 먼 섬까지 한눈에 들어왔다. 이우는 혼자서도 거기까지 자주 걸어가 싫증이 날 때까지 앉아 있다 돌아오곤 했다. 자잘한 모래와 자갈이 섞인 바닥에 나란히 앉아 젖은 바위에 부딪는 파도 소리를 듣고 있으면 이우가 한마디도 하지 않고 있어도 좋았다. 머리를 숙이고 기다시피 들어가 안쪽을 살펴보고 나왔던 날 이우는 여기 앉아 그랬었다.

아주 오래전엔 바닷물이 저 안까지 들어갔구나. 만 번, 또 만 번의 파도가 저 동굴을 만들었겠지. 넌 모르겠지만, 내 안에 저만한 구멍이 있어. 내 몸보다 더 커. 휑하고 휑해서 나는 가끔 내가 없는 것 같아. 그 구멍이 언제 생겼는지, 너한테 얘기할 수 있을지 모르겠어. 아무리 네가 못 듣는다 해도. 구멍이 생긴 순간, 그 이전의 나로는 돌아갈 수 없거든.

판도는 그때 알았다. 혼자 나와 앉아 있을 땐 몰랐던 것을. 동굴이 저만의 방식으로 목소리를 되돌려준다는 걸. 아주 고운 체에 거른 듯 맺힌 데 없이 풀어서. 이우의 목소리는 동굴 가장 깊숙한 곳에 부딪쳐 흩어져서는 무게 없는 옷처럼 어깨 위로, 머리 위로, 철썩이는 파도 위로 내려앉았다.

"엄마는 쓰레기 같은, 이라고 간단히 정리해버리지만 태이는 그런 애가 아니야. 몰려다니며 애들 때리고 돈 뺏고 하는. 본드 같은 것도 안 했어. 그냥 교실보다는 오토바이를 좋아하고 오토바이를 타다 눈을 감고 달리는 걸 좋아했지. 바람을 느끼고 싶다고 했어. 그냥 바람. 여기 와서, 알게 되었어. 태이가 말한 바람이 이런 것이었구나. 그 아이를 만난 거 후회하지 않아. 운명. 그런 말은 짜증나. 내가 지금 여기서 이러고 있다고 날라리라는 생각은 하지 마. 우리 학교 애들이 거의 중학교에서 일이등 하던 애들이야. 입학하고 한두 달, 서로가 서로를 보며 화들짝 놀라는, 참으로 웃기는 분위기였지. 첫 중간고사 때야. 수학 시험을 보는데, 나는 첫 문항을 채 읽지도 못했는데 다들 자동기계처럼 풀기 시작하는 거야. 등에서 땀이 조르르 흘러. 수업시간이라고 다를 게 없었어. 걔들이, 타고난 머리로 옆에 앉은 애 좌절시키는데 미치겠더라. 제 고민을 얘기하는데 쇼펜하우어가 막 나와. 니체는 왜 나와? 언제부턴가 학교가 가까워지면 머리에 쥐가 나기 시작했어. 나도 자존감이란 게 있으니까. ……태이와 나, 우린 서로를 알아보았지. 명백히 찌질한 자신을 맹렬히 망가뜨리고 싶은, 하지만 그게 쉽지 않은 현실임을 알고 있는. 자율학습 빼먹고 운동장 구석, 사각지대에 앉아 있는데 옆에 와서 대뜸 앉아. 이학년 때니까 얼굴 정도야 다 알지. 취향 아니었어. 왜 그런 거 있잖아. 똑 닮은 애 보면 기분 별로인 거. 한마디도 않고 아파트 숲 사이로 해가 지는 걸 보고 있다가 그랬어. 아, 담배 피우고 싶다. 부스럭부스럭 뒤지더니 담배를 한 개비 내밀더라. 쳐다보며 그랬지. 근데 못 피워. 걔는 코로 바람 빠지는 소리를 내더니 제가 피우더라. 이상하게 그 장면이 자주 떠올라. 태이가 없었다면 더 못 견뎠을 거야. 너한테만 얘기하는데, 염색은, 태이에 대한 오마주 같은 거야. 걔는 나한테 무지개였거든."

언제부턴가 이우는 거짓말을 하지 않는다. 저는 모르겠지만 말소리는 낮아지고 느려졌다. 저 뻑뻑한 슬픔은 언제까지나 사라지지 않을 것처럼 느껴졌다. 판도의 가슴속에도 슬픔이 해무처럼 밀려들었다. 해가 진 지 오래인데 저녁은 좀체 밤에게 자리를 내어주질 않는다.

석양은 훅 불면 찢어질 듯 얇아진 채 섬들 위에 걸려 있다.

한기가 드는지 몸을 살짝 떨고는 혼잣말을 중얼거린다.

"옆에 아무도 없는 것 같아서, 나는 말 못하는 네가 좋아."

*

　넌 어때. 어느 게 마음에 들어? 이 돌! 나도 그래. 처음부터 이
게 마음을 끌더라. 이상하게 등에 착 붙는 게 침대보다 편해.

　처음엔 딱딱하기만 했다. 그랬는데 길게 드러누우면 몸을 탄
탄히 받쳐주는 느낌이 묘하게 중독성이 있었다. 오후에 올라와
낮 동안 달구어진 돌 위에 누워 있으면 등이 따뜻한 게 스르르
잠이 들고는 했다. 난바다 쪽에서 돌아앉은데다 오목하게 파여
있어 바람이 드센 날에도 여기는 큰솥 안에 누운 것 같았다. 불
안정한 앉음새로는 기우뚱거릴 것 같은데 올라서서 뛰어봐도 꿈
쩍도 않았다. 산꼭대기에서 이쪽을 내려다보면 큰 접시 여기저
기에 네모난 떡을 툭툭 던져놓은 것처럼 보인다. 편평한 돌판들
은 대체로 길쭉했고 모양은 제각각이어도 하나같이 편안했는데
누구도 여기 드러누워 있는 걸 보지 못했다.

　누워서 눈을 감으면, 바람이 맨살을 간질이며 지나갔다. 햇살
이 투명한 이불처럼 몸을 덮었다. 어떤 생각에 사로잡혀 잠이 완
전히 달아나버리면 밤에도 올라와서 누워 있곤 한다. 동네에서
꽤 떨어져 있지만 자전거론 금방이다. 자전거를 손봐준 건 판도
다. 반짝이진 않지만 창고 구석에 서 있던 그 자전거라곤 믿지
못할 만큼 말끔하게 닦아서 바퀴에 바람도 딱 맞게 넣어주었다.

물컹하지도 튀지도 않아 비포장도로를 달리기에 맞춤했다. 가끔은 배에 싣고 근처 섬으로 가서 처음 보는 길과 풍경 속을 지치도록 달리다 막배 시간에 맞추어 돌아오곤 했다. 섬의 반대편에 있는 소금 창고 나가는 건 일도 아니었다.

이렇게 누워 주머니 속 휴대폰을 만지작거리면 저도 모르게 혀가 아랫입술 안쪽의 점막을 간질이고 있다.

태이야. 이 섬, 나쁘지 않아. 엄마는, 여기 이렇게 처박아두면 내가 외로움에 지쳐 잘못했어요 엄마, 제발 여기서만 꺼내주면 착한 어린이가 될게요, 매달릴 거라 기대하겠지만, 천만에.

아니, 엄마는 자기 눈앞에서 사라진 순간 나 같은 건 까맣게 잊어버렸을 거야. 날 쳐다보는 엄마 눈빛은 언제나 그래. 내 인생의 걸림돌, 족쇄, 돌멩이로 가득찬 배낭. 나 역시 엄마가 안 보이니 무릎 연골에서 성장 호르몬이 쑥쑥 분비되는 느낌이야. 그사이 이 센티는 큰 것 같아. 나, 여기 너무 적응해버린 거 아닌가, 그런 생각이 들 때도 있고. 그래도 아주 가끔은 학교 앞 애플하우스의 떡볶이가 미친듯이 먹고 싶어.

"아이고, 이 지지배 봐라. 무섭지도 않냐?"

깜짝이야. 눈을 떠보니 탱자 할미가 호미를 들고 서 있다. 산모롱이 밭에 다녀오는 길인지 팽팽한 검은 비닐봉지 틈으로 푸릇한 이파리가 보인다.

"난 할머니가 더 무서운데?"

"기집애가 간이 멍석만하다. 칠성판에 누워 있질 않나. 허긴. 늘 둘이 붙어다니니……"

"할머니, 칠성판이 뭔데?"

"칠성판이 칠성판이지. 허기사 거기 누우면 다 사그라들긴 해. 거기 눕기 전에는 아픈 데 없는 인생이 없지."

할머니는 뭘 그런 걸 묻냐는 듯 중얼거리고는 새삼 이우를 찬찬히 살핀다.

"내가 다섯 살만 덜 먹었어도, 널 한번 가르쳐보겠는데."

"몇 살인데?"

"인자 근근이 팔십이지."

"탱자 할미, 선생님이었어?"

"선생이나마나, 너 하나 못 가르치겠냐. 고구마 줄기가 그새 휘늘어졌더라. 나중에 김치 가지러 와."

"그걸로 김치를? 난 배추김치 외엔 안 먹는데."

"여름엔 이게 개미가 있지. 암만. 한번 먹어봐. 빈 그릇 들고 얻으러 올 거야."

"개미가 뭔데."

"개미가 개미여."

"근데 누가 둘이야? 왜 나만 보면 둘이라고 그래?"

"둘도 됐다, 셋도 됐다, 그런다. 청승스럽게 산몬당에 나앉았지 말고 어여 내려와."

그래놓고는 비밀이라도 발설한 사람처럼 빈 들판을 슬쩍 둘러보고는 팔을 휘휘 내두르며 내려가버린다. 마주치면 매번 입바른 소리나 하는 할미가 얄미운데 또 돌아서 가는 뒷모습을 보면 어딘가 불쌍하다. 내려가면 담배나 가져다줄까. 아저씨는 그날 늦게 막배로 들어오면서도 잊지 않고 담배 한 보루를 사들고 왔다. 건네주며 무심하게 자, 하는데 왜 왈칵 서러움 비슷한 게 드는지 모를 일이었다. 아무리 사달랬다고 해도 그렇지, 그런 건가. 받아들고 들어와 이불 뒤쪽에 던져두었는데.

요즈음 아저씨는 기분이 좀 저조하다. 내색하지 않으려 하지만 한집에 살다보면 그 정도는 알게 된다. 소금 창고로 친구가 찾아왔던 그 무렵부터다. 저녁을 먹으면서도 영 말이 없어 그냥 물어보았다.

"탱자 할미, 몇 살이야?"

"여든다섯인가, 여섯인가."

"여든이라던데?"

"그러게. 당신 오래 사신다고 누가 뭐라 하지도 않는데 누가 물어보면 꼭 몇 살 빼시더라."

"아저씨, 개미가 뭐야? 탱자 할미가 이게 개미가 있대. 개미를 몇 마리 넣은 건 아니겠지?"

"개미. 그게 설명이 쉽지 않은데. 감칠맛? 오묘한 맛? 화려하진 않지만 깊은 맛? 그런 게 있어."

"아하, 중독성이 있다고!"

"꼭 그것도 아니고."

"뭐가 그렇게 복잡해."

"그러니 얼마나 편하니. 그 모든 걸 한마디로, 개미!"

"근데 요즘 아저씨 왜 쌍꺼풀이 두 겹 세 겹이야? 수술한 거야?"

"설마 이렇게 수술했겠니."

"그러게. 돈을 받고 이 모양으로 해주진 않을 텐데."

농담한 사람 무안하게 아저씨는 웃지도 않고 그랬다.

"피곤하면 그래."

"내가 피곤해?"

핵심을 찌르는 질문에 하마터면 응, 할 뻔한 아저씨는 얼른 고구마 줄기를 집어 밥 위에 놓아준다.

"요즘에만 담가 먹을 수 있는 김친데, 진짜 개미가 있어."

처음엔 적응이 안 됐다. 지저분하게 먹던 젓가락으로! 그런데, 마음 한구석이 찐 고구마처럼 말랑해져버린다. 아버지야 원래 없었지만 엄마도 반찬을 밥 위에 올려놓아주는 사람은 아니다.

"탱자 할미는 그새 김치까지 담갔어? 축지법을 쓰나? 근데 칠성판이 뭐야, 아저씨?"

"죽은 사람을 모실 때 관 바닥에 까는 판이지. 북두칠성 모양으로 구멍을 일곱 개 뚫어놔서 그렇게 부르는 거야. 왜?"

"음. 그냥. 구멍은 없었는데……"

김치는 비린내가 진하고 짰다. 거기다 완전 낯선 향까지.

"윽, 이건 무슨 냄새야?"

"산초야. 여름 별미지. 여기선 김치에서 산초 향이 나면 여름이 왔구나, 해."

이우가 여태 알고 있는 어떤 향과도 달랐다. 비린내든 향이든 어떤 게 속을 휘저었는지 아저씨 말이 끝나기도 전에 울컥하니 헛구역질이 났다. 아, 진짜 취향 아니야.

*

첫 배로 출발했는데도 서촌에 있는 갤러리 앞에 도착하니 늦은 오후의 해가 등뒤에 걸렸다. 일 때문에 이렇게 올라와 지하철이라도 타게 되면 여전히 이곳에 살고 있는 것처럼 거리의 풍경에 무심해진다. 여전한 곳이 있는 반면 서촌처럼 아주 빠른 속도로 거리 풍경이 바뀌는 곳도 있었다. 오래된 건물을 리노베이션 했는지 전시 공간으로 사용하기엔 천장이 좀 낮았다. 연수는 작업용 사다리에 올라서서 유리 타일을 가벽에 붙이고 있었다. 열려 있는 문 안으로 들어가 오른쪽 벽에 등을 기대고 섰다. 천장의 조명을 받은 유리 타일이 날카로운 빛을 함부로 뿌려댔다.

사람 기척에 한 번쯤 돌아볼 법도 한데 무심한 눈길 한 번을 돌리지 않는다. 몸매가 드러나는 검은 원피스와 작업용 장갑. 특이한 저 조합이 이젠 정모의 눈에도 익숙하다. 어쩌다 작업실에 들러도 허름한 옷을 입고 일하는 걸 한 번도 본 적이 없다. 불편하지 않냐고 물어보면 그랬다. 작업은 내겐 의식 같은 거니까. 흰옷을 고집하는 사람들도 있지만, 난 이 정도가 좋아. 안쪽으로 들어와 벽에 기대서서 끝나기를 기다렸다. 이십 분이나 흘렀을까. 하나 남아 있는 빈칸에 타일을 붙이고는 퍼즐의 마지막 조각을 맞춘 사람처럼 벽 전체를 한동안 바라보다 바닥으로 내려서더니 엇갈리게 세워진 다른 가벽까지 꼼꼼히 살펴보고는 스위치를 전부 올렸다. 유리가 아니라 거울이었고 각도가 다른 조각들을 이어붙인 거라 타일 하나하나가 전구처럼 환하게 빛났다.

가벽과 가벽이 만드는 공간에 흰 얼굴, 이목구비가 그려지지 않은 얼굴들이 매달려 있다. 얼굴이라기보다는 가면에 가깝다.

얼핏 보기엔 똑같은 걸 여럿 달아놓은 것 같지만 자세히 보면 이마 넓이나 광대의 높이 같은 게 조금씩 다를 것이다. 얼굴들은 천장에서 내려온 투명한 피아노 줄로 연결되어 있었다. 비슷한 콘셉트로 작업해온 지가 몇 년 되었다. 가벽에 붙이는 반사경의 재질이나 매달린 얼굴의 형태나 색깔, 그리고 그 얼굴에 던지는 물체만 달라지는 식이었다. 얼굴도 초기엔 이목구비가 있었는데 차츰 코가, 입이, 눈이 하나씩 사라지더니 이젠 그냥 형상만 남았다. 묽은 닥으로 제작한 얼굴은 일종의 라이브 마스크였다. 언젠가 정모도 제 얼굴을 빌려준 적이 있다. 마스크를 뜬다기에 얼굴에 직접 닥을 바르는 줄 알았는데 아니었다. 맨얼굴에 오일을 바르고 그 위에 반죽한 석고를 덧바르고는 굳기를 기다렸다. 살짝 뜨거운 느낌이 있었지만 못 견딜 지경은 아니었다. 굳어진 석고를 떼서 거푸집 삼아 닥으로 제작한 것이었다. 그때 전시장에서 정모는 제 얼굴을 찾지 못했다. 연수가 알려준 제 마스크는 매달려 있는 얼굴들 중 가장 낯설었다. 라이브 마스크 작업은 첫 시도에서 꽤나 주목을 받았고 충만해진 연수는 조금씩 디테일만 달리하면서 그 작업을 이어나갔다. 아는 사람, 모르는 사람, 유명인, 언젠가는 노숙자들의 얼굴을 마스크로 떴다. 그사이에 항상 연수 자신의 얼굴은 빼놓지 않았다. 변하지 않는 건, 허공에 걸린 얼굴을 향해 무언가를 던진다는 것이었다. 처음엔 단단한 것이었고, 점차 무른 것으로 바뀌어갔다. 자잘한 돌, 주사위, 스티로폼 조각을 사탕처럼 싼 것, 붉은 물을 넣은 물풍선, 방울토마토…… 지난 전시에선 무르게 반죽한 진흙이었다. 관객 반응이 가장 좋았다고, 당분간은 계속 진흙으로 가겠다고 했는데.

뒷걸음질을 치던 연수는 그제야 정모를 발견했다. 가볍고 환하던 표정이 어두워졌다고 느낀 건 너무 예민한 건가.

"내일도 또 저 얼굴에 진흙 덩어리 던질 건가?"

"왜, 그게 그렇게 이상했나?"

"범상치는 않았지. 설치가 늦었네? 내일 오픈이라면서."

"어제 끝냈다가, 오늘 나와보니 마음에 들질 않아. 엎어버리고 다시 한 거야. 어때?"

"휘황한 미로? 눈부시지만 차가운 미로를 헤매는 영혼 없는 사람들."

"흐엉. 너 전에도 그 얘기 했잖아. 지난번 전시와는 좀 달라야 되는데. 새롭다, 그런 느낌. 내일 새벽에 다시 뜯을지도 몰라."

찬찬히 둘러보는 표정이 참 태평하기도 하다.

"뜯긴 뭘 뜯어. 너희들은 매번 말도 안 되는 걸 해놓고는 여기 무언가 있다고 끝까지 우기더라."

"너도 참. 나한테 화난 거 있어?"

"화는 무슨. 그야말로 새로움에만 집착하는 현대미술에 대한 반감이지. 새롭고, 그다음엔? 에포크 메이킹! 의미는 있지. 백남준이 위대한가? 벽에 문을 그리고 그 문을 열었다는 건 인정해. 근데 그게 아름다운가? 예술인가? 아님 내가 구식인가? 난 여기, 안좌 사람, 김환기의 그림이 좋아. 몰랐는데, 새삼 느끼는 중이야. 어디서 무엇을 바라보든 시선의 잣대는 어린 시절을 보낸 그 섬이란 걸."

"부인하진 않아. 근데 티핑 포인트라는 게 있잖아. 끓어오르기 위해선 촉발점이 있어야 하는데, 계속 구십팔 도. 끓어오르는 게 전부라는 건 아냐. 작업을 계속하기 위해선 그 에너지가 필요해. 여기 끝나면 강남에 새로 오픈한 일본 차 쇼룸으로 옮길 거야. 그 전시가 끝나면 교토에서 전시회를 열 거고. 어디쯤에서 이슈가 돼야 해외전이든 비엔날레든 초청도 받아."

하얗게 빛을 되쏘는 유리 타일 앞에 서서 연수는 빛이 아닌 뜨거움을 얘기하고 있었다. 섬을 떠나기 전날 밤, 검은 게 해안에 나란히 서 있었던 그 저녁처럼. 검은 빗줄기처럼 죽죽 그어진 마장발 아래로 김들이 몸집을 토실토실 불려가고 있을 계절이었다. 눈앞의 풍경은 이미 무채색이었지만 검은색이 변주하는 스펙트럼은 가슴 저리게 섬세했다. 어디에 있든, 저 풍경의 기운이 널 붙들어줄 거야. 정모의 말에 연수는 고개를 저었다. 내 뼈, 피, 영혼에조차 엉기어 있을 끈끈한 소금기를 혐오해. 더 환하고 더 빠르고 더 뜨거운 것, 나를 허공으로 떠오르게 해줄 어떤 걸 찾아갈 거야. 여긴 뼛가루로라도 돌아오고 싶지 않아.

그 저녁에 정모는 제 마음을 연수에게 보여주었던가. 저는 그 랬다고 기억하는데 연수에겐 떠나는 친구에 대한 아쉬움 정도로 느껴졌을지도. 느닷없고 모호한 발설. 떠듬떠듬 제 마음을 얘기 했을 때 연수는 정모를 먼 섬처럼 건너다보았다. 그쯤은 이미 알 고 있다는 듯.

정모야. 나는 내 자서전을 이미 써놓았어. 누구에게든 보여줄 일은 없겠지만, 난 내가 써놓은 그 문장들을 하나씩 살아낼 거 야. 살아내서 보여줄 거야. 그 자서전 안에 이 섬은 없어.

엄마와 둘이 살던 연수는 M시로 떠난 후엔 정말 한 번도 태생 지를 찾아오지 않았다. 엄마가 병으로 일찍 떠난 소식도 한참 뒤 에야 전해 들었다. 그때 이미 태원과 깊이 사귀었고 영도의 극심 한 반대로 헤어졌다는 얘기도. 그 얘긴 태원이 아니라 다른 사람 들을 통해 들었다. 어떤 사람은 연수가 영도의 자식인 건 섬에 선 다 아는, 비밀도 아닌 일이라 했지만 믿기 어려웠다. 이십대 땐 제 삶에 코를 박고 사느라 몇 년 동안 연락 한 번 없이 지내기 도 했었고 어쩌다 만나도 그런 얘길 이쪽에서 꺼낼 수는 없었다. 연수가 어떻게 서울에서의 학비와 생활비를 마련하는지는 알 수 없었지만 어쩌다 한 번씩 보면 늘 쫓기는 사람의 단내가 났다.

그렇긴 해도 연수나 태원이 몽돌이나 갈매기 같았던 시간이
사라지는 건 아니었다. 눈을 뜨면 늘 보였고 같이 어울렸다. 언
제까지나 그럴 줄 알았다. 우린 다 연수를 좋아했지만 그 나이의
감정은 충돌하지도 상처를 만들지도 관계를 찢어놓지도 않았다.
하나의 대상에 대한 몰입과 갈망 때문에 오히려 끈끈해졌을지언
정. 섬에서의 연수는 눈부시다기보다는, 톡 쏘는 산초 향을 품은
여자아이였다. 그 변덕과 낯선 매혹을 같이 감당할 누군가가 필
요하기도 했다. 그 불꽃은 정모의 마음속에서 짐작보다 훨씬 오
래 사위지 않았다.

"나가자. 점심도 못 먹었어."

연수는 큐레이터에게 몇 가지 뒷정리를 부탁하고는 가방을 들
고 나왔다. 고기를 좀 먹어야겠어. 선언하듯 말하고는 제가 앞장
을 섰다. 길을 건너 시장 골목으로 들어서 걸어가다 좁은 계단을
올라갔다. 서촌이 많이 변했지만 이 시장은 정모가 대학 다닐 때
도 있었다. 그때 싼 안주로 술을 마실 수 있었던 가게는 사라졌
다. 숯불과 등심이 놓이자 연수는 한 번에 죄다 올려놓고는 나박
김치를 그릇째 들어 한 모금 마셨다. 정모가 고기를 잘랐다. 연
수는 핏기가 가시기 무섭게 젓가락질을 하더니 정모를 건너다보
았다.

"초상권 문제로 자문 좀 구할 사람 있어? 그런 건 변호사 업무

150

인가? 아님 변리사?"

"무슨 저작권."

"작년에, 왜 얼굴 사진을 확대해서 썼잖아. 전시에 사용하겠다고 구두로 허락을 받았거든. 여자 하나가, 전시 와보곤 펄펄 뛰더라고. 명예훼손이라고. 제소하겠대. 몇 번 만났는데 대화가 안 돼. ……예술 쪽에 한 다리 걸친 것들은 성질이 다 더러워. 나처럼."

정모는 듣기만 했다. 연수가 이런 얘길 할 때 처음엔 상대방이 다 이상한 줄 알았다. 입장 바꿔놓고 보면 그쪽이 그렇게 나오는 까닭이 없진 않을 것이다. 몇 점 남은 고기를 앞접시에 옮겨주고는 더 시킬까 묻자, 됐다며 젓가락을 내려놓는다. 종업원이 식혜를 갖다주었다. 식혜를 다 마시고도 이우 안부는 묻지 않는다. 묻는다 해도 여기서 꺼낼 얘기는 아니지만.

처음엔 체한 줄 알았다. 입덧하는 여자를 옆에서 본 적이 없었다. 그래도 어른의 육감이란 게 있었다. 그 앞에 한 며칠은 또 뭘 끝도 없이 먹어댔다. 팥빙수가 먹고 싶다, 딸기가 먹고 싶다 할 때도 애가 스트레스를 먹는 걸로 푸나, 했었다. 그 생각이 들자 머리카락이 곤두섰다. 밥을 다 먹고 설거지까지 하고 방으로 들어가는 이우를 따라 들어갔다. 뭐라 말을 꺼내야 할지 난감해 책상 위에 펼쳐져 있는 만화책을 들어서 휘리릭 넘겨보고는 내려놓았다. 이런 문제까지 내가 개입해야 하나. 말간 눈으로 올려다보는 이우의 뺨은 어린 티가 풀풀 났다. 몸이 좀 이상하지 않니? 너 생리는 하고 있니? 조심스레 묻자 입을 앙다물고 있더니 울기 시작했다. 저도 그때까지 모르고 있는 눈치였다. 애가 애를 가진다더니. 엄마한텐 비밀이에요. 엄마한테 얘기하면, 진짜 죽어버릴 거예요. 손등으로 젖은 눈을 문지르며 정모를 쳐다보는데 무어라 할말이 없었다.

"넌 언제 돌아올 생각이니? 오래 있네?"

"어딜? 서울? 안 돌아와. 내가 그랬잖아."

"설마 했지. 궁금하네. 너도 나만큼이나 그곳이 끔찍하리라 생각했는데."

"그런가. 그 시절의 상처가 아직도 아프다면, 이후의 삶이 꽤나 평탄했단 얘기겠지. 나가자."

시장 골목을 나와 가까운 카페로 들어갔다. 연수는 빙수와 아이스 아메리카노를 주문하고는 자리에 앉았다. 정모는 통 입맛이 없었다. 빙수와 커피까지 연수 앞에 놓아주었다. 많이 먹어. 연수는 빙수를 달게 먹었다. 어째 떠먹는 숟가락질이 목이 마른 사람처럼 급했다.

"맥주를 한잔하든지."

"그러고 싶은데, 참을래. 피곤할 때 마시면 다음날 부어서."

식당에선 몰랐는데 왼손 검지에 깁스가 되어 있다. 손등은 자잘한 상흔들로 어지럽다. 날카롭거나 둔중한 것에 다친 흔적은 고심 끝에 착용한 액세서리처럼 잘 어울린다.

"작업할 땐 점심을 안 먹어. 그래서인지 저녁은 폭식을 하게 되네."

빙수를 말끔히 비우고 숟가락을 내려놓는 연수에게 달래듯 물었다.

"왜 그러는데?"

연수는 고개를 갸웃한다.

"왜? 어때서? 너 말마따나 저런 작업이 원래 그렇잖아. 논쟁의 촉발. 뻔하다. 알맹이가 없다. ……그런 얘기들에 흔들리지 않아. 내 의도가 제대로 전달되는 것도 원치 않아. 모두들 찬양만 한다면 그건 잘못된 작업이거나 내 의도를 제대로 읽어내지 못한 거지. 난 그런 걸 즐기려고 해."

"이우 얘기야."

연수는 눈을 내리뜨고는 짧게 한숨을 쉬었다.

"너한텐 미안해. 잊고 있었어."

"애가 불쌍하네. 전화 통화는 가끔 하니?"

연수는 정모를 쳐다보며 고개를 저었다.

"내 인생도 버거운데 저라도 좀 알아서 해주면 안 되나. 이런 엄마한테 태어난 것도 제 팔자고. 걔 나이에 난 혼자 서울로 왔어. 이모도, 고모도, 삼촌도 없었어. 변변히 입을 옷 한 벌이 없었지. 내 손을 봐. 당분간은 쓰지 말라는데, 이러고도 쉴 수가 없어. 비용도 그렇고 일일이 설명해도 제대로 해주는 데가 없으니 목공까지 내가 해. 항상 어딘가 찢어지고 멍이 들어 있지. 작년엔 천장 작업을 하다 사다리에서 떨어졌어. 골반에 금이 갔대. 거긴 깁스도 못한다더라고. 좀 과로하면 아직도 허리 깊숙한 데가 욱신거려. 몸 아픈 건 괜찮아. 제일 힘든 건 작업 스트레스야. 끊임없이 내게 묻지. 매일 천 개의 질문을 내게 해. 천 개의 답을 내가 해. 묻는 나, 대답하는 나. 아무도 도와주지 않아. 다음 작업을 하기 위해 내가 얼마나 치사한 일까지 해야 하는지 누구도 몰라. 거기 비하면, 호강에 겨워서."

격한 내용에 비해 말투는 조용했다. 처음 듣는 이야기는 아니다. 자주는 아니어도 울컥해져서 이렇게 쏟아내면, 매번 처음인 듯 들어주었다.

"임신한 것 같아. 저도 몰랐던 것 같고. 전화로 얘기할 순 없어서, 왔어."

침묵은 그리 길지 않았다.

"하필 지금."

"그게 문제야? 내가 병원에 데려갈 순 없잖아. 한번 내려와."

"기업 후원은 처음이야. 규모도 크고 커리어도 될 만한. 공짜는 없잖아. 이쪽에서 협력해야 될 것도 많아. 교토도 전시 전에 한번 다녀와야 하고."

"그게 언젠데."

짧은 한숨. 이 벽은 또 어찌해야 하나. 그런 표정. 신경과민과 기이한 평정심이 뒤섞인, 한 아이의 엄마이면서 그 사실을 잊고 싶어하는 얼굴.

열아홉의 연수는 세계의 차가움이나 가파른 경사를 개의치 않았다. 손끝이 야물어 어지간한 옷은 눈어림으로 뚝딱 지어내는 솜씨였지만 양장점을 내거나 할 여력이 없었던 연수 엄마는 죽기 전까지 시장 골목에서 옷 수선 가게를 했었다. 먹고살며 쌓은 빚이나 남기지 않았으면 다행일 형편이었다. 혼자 남은 이후의 삶의 가파름과 차가움에 대해선 정모도 오랜 시간이 흐른 후에야 헤아릴 수 있었다. 몸으로 밀고 나가야 했던 벽들의 차가움과 팍팍함이 제 몸속으로 옮겨 앉은 걸까. 정모는 못을 박았다.

"일단 모레 내려와. 안 오면 다음날로 애 올려보낼 거야."

아! 연수는 짧게 탄식했다.

*

　일 년에 네다섯 번. 명절이나 제삿날 외엔 본가에 가지 않은
지 오래되었다. 개 두 마리와 사람 둘이 살고 있는 집안으로 들
어갈 때면 매번 세트 속으로 들어가는 기분이었다. 표정을 가다
듬고 다른 캐릭터를 연기해야 하는.

　문을 열어준 여자는 굳이 반색하는 시늉은 하지 않고 비단 슬
리퍼 하나를 마루끝에 가지런히 내려놓았다. 여자는 처음 보았
을 때부터 화장기가 없었다. 그런 셈치곤 고운 얼굴이었다.

　"저녁은?"

　"먹었습니다."

　의례적인 대화를 주고받는 일에도 어깨에 힘이 들어간다. 태
원보다 세 살쯤 더 먹었을까. 작년 설 무렵 들어온 여자다. 언제
나갈지는 모르지만. 개는 이 여자가 데리고 들어왔다. 처음 새
여자가 들어온 건 태원이 육학년 때였다. 태어나서 그때까지 살
았던 섬을 떠나 이 집으로 들어왔을 땐 이미 낯선 여자가 있었
다. 엄마가 죽고 석 달이 채 되지 않았을 때였다. 말하는 목소리
가 엄마와 너무 달랐고 끝내 적응이 되지 않았다. 아버지가 이사
장으로 있는 여고의 음악 선생이었다는 건 그 여자가 떠나고 난
후에야 알게 되었다. 이 년쯤 머물렀던 걸로 기억된다. 이내 다

른 여자가 들어왔고 얼마큼의 시간이 지나면 또 보이지 않았다. 여자들은 모두 조용히 떠나갔다. 일체의 소란이 없었던 건 계약으로 맺어진 관계였기 때문일 것이다. 아버지는 굳이 엄마라는 호칭을 강요하지 않았다. 대체로 여자들은 약간의 색기를 품고 있었고 순종적이었다. 처음 왔던 음악 선생 외엔 하나같이 음식 솜씨가 좋았다. 못 배운 여자답지 않게 일의 앞뒤와 처신의 잘잘못을 따지다 아버지의 격한 폭력을 유발하는 일이 잦았던 엄마와는 완전히 다른 여자들이었다.

아버지는 저녁식사중이었다. 인사를 하고 거실 소파에 앉자 여자가 오미자 우린 물에 얼음을 띄워 가져왔다. 색깔이 곱고 달기가 입에 맞았다. 맞은편 벽에 걸린 제백석의 그림은 차마 눈 밝은 사람이 방문할까 겁나는, 조악한 모사품이다. 원화는 아버지 소유의 빌딩 수장고에 있을 것이다. 그곳에 쌓여 있는 명품들이야 행여 손이라도 탈까 무섭다 하더라도 손맛이 느껴지는 수수한 원화들이 여럿 있는데도 저런다. 걸어놓으면 닳는다고 생각하는 걸까. 어쩌면 아버지에게 그런 취향을 기대하는 자신이 어리석은지도. 사무실보단 집이 그나마 낫지 않을까 싶어 찾아왔는데 오글오글 물 양치를 하며 걸어오는 아버지는 어째 사무실에서보다 더 낯설어 보인다. 태원은 바로 이야기를 꺼냈다.

"월요일에 들어가서 만났는데 일이 생각보다 많이 진행이 된 상태라 저도 놀랐습니다."

"그래서 언제까지 비우겠다는 거냐."

"얘긴 했습니다. 일단 재단 자산에 포함되었고 우리 손을 떠났다고. 말은 그렇게 했지만, 저도 뻔히 보면서 백지로 돌려놓으란 말은 할 수 없었습니다. 창고 건물 전체를, 옻 작업을 하는 데만 삼 개월이 걸렸다 하더라고요. 비용 얘긴 안 했지만 엄청나게 들었을 테고. 지금은 한창 마무리 작업을 하는 중이고 구월, 늦어도 시월엔 오픈할 예정이라는데, 그래서 제 생각엔……"

츠츠. 아버지가 혀를 찼다. 태원을 쳐다보는 눈동자가 유난히 노랗게 보였다. 덥진 않은데 땀구멍이 스멀거렸다. 왜냐고 묻고 싶었지만 입이 떨어지지 않았다. 정모가 이 년 넘게 매달린 줄 모를 리 없다. 지역신문에 인터뷰 기사가 난 적도 있고 같이 밥을 먹는 자리에서 김변호사가 스치듯 얘길 한 적도 있다. 왜 지금, 정모 아니라 누가 됐든 결코 수긍할 수 없는 이 시점에.

이번 여자의 얼굴을 처음 봤을 때, 이제 아버지의 성생활도 끝났다는 생각이 들었다. 립스틱마저 바르지 않은 여자의 인상은 색기가 느껴진다기보다는 모성적이었다. 어딘가에 부양해야 하는 자식이 하나쯤 있을 것 같았다. 개라면 걷어차기부터 하던 아버지가 여자가 키우던 두 마리의 푸들을 받아들인 걸 보았을 때, 아버지도 이제 늙었구나 생각했다. 뚜렷한 지병은 없지만 재산의 규모와 방만함을 생각하면 정리가 시작되어도 이르지 않은 나이가 된 것이다. 여자를 필터처럼 주기적으로 바꾸면서도 결혼이라는 제도에 얽매이지 않는 이유는 유산 문제로 분란을 일으키고 싶지 않아서였을 것이다. 그 모든 지독함과 계산이 하나뿐인 아들을 위한 것이라고 믿었다. 태원은 제가 아버지를 전혀 몰랐다는 생각을 했다.

죽을 때 쥐고 갈 수 없는 대신, 당신 이름의 장학재단에 모두 넣겠다는 건 어쩌면 아버지에겐 가장 마음에 드는 방식일지도. 누구도 그 돈을 사적으로 쓸 수 없다는 생각이 아버지를 안도하게 했을 것이다. 장학금의 수혜자가 아버지에게 인사를 오는 일만 없다면, 그 장학재단은 오래 지속되겠지.

"한 번 말씀드렸지만 정모는 처음부터 소유권엔 관심이 없는 것 같았습니다. 장학재단에 포함시킬 거라면, 공간 사용에 대한 재량권은 우리가 갖는 걸로 서류에 적시만 해놓는 건 어떨까요. 재단 취지에도 맞고……"

오미자주스 잔을 집는 줄 알았다. 동작이 어찌나 신속한지 재떨이가 귀 옆을 스칠 때야 무슨 일인가 깨달았다. 재떨이가 티브이 모서리에 부닥치는 소리에 자리에서 벌떡 일어났다.

"깨끗이, 비워놓으라 해."

그렇게 말하는 아버지는 뜻밖에 지쳐 보였다. 바닥에 떨어진 재떨이를 집어 테이블에 얌전히 내려놓고 일어서는데 혼잣말처럼 중얼거렸다.

"미친놈. 제 앞가림도 못하는 게 씨까지 뿌리고 다녀. 제 씬 줄 알고는 있는 게야?"

*

하지만 또 이런 얘길 들어야 할 땐 차라리 귀머거리 시늉을 하는 게 낫다는 마음도 든다.

"……비는 우산을 안 써도 될 만큼 조금씩 내렸어. 아까처럼. 정오 넘어였지. 학교는, 그냥 제꼈어. 자주는 아니야. 서해안으로 빠지는 국도엔 차들이 별로 없었어. 나도 그쪽은 처음이라 늘 그런지, 그날만 그랬는지는 모르겠어. 비는 여전히 흩뿌리는데 갑자기 해가 났어. 왜 그런 날 있잖아. 햇살이 유난히 날카롭게 느껴지고 기분이 들떴어. 소리라도 지르고 싶은. 바람에서 바다 냄새가 나기 시작했어. 도로엔 차가 한 대도 없었어. 태이는 핸들을 크게 꺾어 바람을 느끼게 해주었지. 아주 부드럽게. 난 난폭한 운전을 싫어하거든. 시야의 끝까지 도로가 뻗어 있고, 그냥 행복했어. 태이 어깨 너머로 그 풍경을 보고 있는데 도로 위에 무언가 떨어져 있는 게 보였어. 하얗게 햇살을 되쏘는 무언가. 지나며 보니 사과였어. 사과다. 내가 외쳤고 태이는 무심코 고개를 돌렸어. 목주름 접힌 게 보였고…… 마지막 순간까지 나는 태이 허리를 껴안고 있었는데, 이상하게 그 이후의 일은 조감도처럼 보여. 허공에 떠올라서 본 것 같은. 오른쪽으로 휘어지는 도로 가운데 분리대가 있었나봐. 우린 거기 한 번 부딪치고는 도로 바깥으로 날아갔어. 태이는, 콘크리트 가드레일에 머리를 부딪쳤어. 그다음은 보이지 않아. 의식을 잃은 거지. 몸의 오른쪽, 두피와 팔과 복숭아뼈까지 온통 찰과상을 입긴 했지만 내겐 후유증도 치명적인 내상도 없었어. 태이는 의식이 없는 상태에서 여섯 번 수술을 했대. 여섯 번. 그 얘긴 나도 나중에 전해 들었어. 모든 게 돌이킬 수 없이 되어버렸을 때. 돌아볼 때 내 눈앞에 선명하던 목주름은, 평생 잊히지 않을 것 같아. 그러니까, 그날 조퇴하고 바다를 보러 가자 한 것도 나고, 소리를 질러 뒤를 돌아보게 한 것도 나야. 난 이 얘기를 아무에게도 할 수가 없었어. 너무 무서워서."

이우의 목소리는 옆이 아니라 뒤에서 울려나온다. 공기가 뜨거워진다. 벽에 부딪친 노을이 부옇게 무릎에 내려앉는다.

"아직도 난 그 베스파 위에서 내리지 못한 것 같아. 삶을 망쳐버리고 싶다는 생각은 들지 않아. 그 아이를 내 안에 둔 채로, 망

가지지 않는 삶을 살려면 어떻게 해야 하는지 그걸 모르겠어."

눈물 한 방울이 뺨 위로 흘러내리는 소리가 들린다.

*

"엄마가 묻고 있잖아! 네 인생 여기서 끝이라는 거 알지?"

이우는 대답을 하지도, 시선을 피하지도 않고, 말간 눈으로 연수를 쳐다보고 있다. 이제 지칠 때가 됐는데, 하는 눈빛. 오히려 연수가 제 성질을 못 이겨 넘어갈 것 같더니 매달리듯 묻는다.

"응? 무어라고 말을 해."

아침부터 비는 질금질금 오다 말다 하더니 하필 둘이 저러고 있는 참에 억수같이 쏟아지기 시작했다. 어쩌면 세차게 쏟아지는 비가 필요해 둘은 집 놔두고 마당 끝에서 저렇게 빗소리와 대결하듯 싸우고 있는지도 모르겠다. 입 꾹 다물고 있던 이우가 얼음을 핥듯 싸늘하게 내뱉는다.

"엄마가 지금 몰라서 묻는 거 아니잖아? 그건 질문이 아니야. 의미 없어."

연수는 약속한 날 오지 않았다. 정모 역시 기대하지도 않았지만. 연락도 없었다. 밤늦게 정모가 문자를 보냈다. 아침 첫 배로 데리고 나가 올려보낸다. 바로 답이 왔다. 내일 내려가. 섬에 들어올 땐 벌써 세시가 지나 있었다. 연수가 집에 들어설 때까지도 이우는 모르고 있었다. 정모도 이렇다저렇다 말 없이 주스 두 잔을 식탁에 놓아주고는 방으로 들어왔다. 신경쓰지 말라고 방으로 들어왔는데 굳이 둘이 마당으로 나가더니 비가 오는데도 아랑곳없이 전쟁을 시작했다. 언제부턴가 둘의 목소리가 빗소리를 이기고 날아다녔다. 창문 틈으로 내다보았다. 비를 고스란히 맞으며 무협의 고수들처럼 기싸움을 하고 있었다. 차라리 다행인가. 빗소리에 묻히지 않았으면 온 동네가 시끄러울 지경이었다. 그럴 거면 차라리 들어와 싸우란 얘길 하려고 신발을 신고 나서는데, 이우는 제 설움에 벌써 목이 잠겨 있다. 눈에서 푸릇한 인광이 흘러나와 금방이라도 불이 확 붙을 것 같다.

"왜, 왜 왔어? 엄마가 오기 전까지 얼마나 좋았는데. 얼마나 평화로운데. 내가, 내가 처음으로 행복한데. 여태 그랬던 것처럼, 나한테 처음부터 그랬던 것처럼 그냥 내버려두면 돼."

"얘가!"

가까스로 그 말만 하고는 연수는 입을 벌리고 서 있었다.

"한 번도 느껴보지 못한 평화야. 집에선 아침에 이런 기분으로 깨어난 적이 없었어. 엄마 얼굴 보니 소름이 끼쳐. 악마 같아. 엄만 왜 내가 끔찍하게 싫은데?"

"자식 아니면 무슨 짓을 하고 돌아다니든 나도 상관 안 해."

"나, 엄마 닮았잖아. 엄마도 날 스무 살에 낳았잖아. 끔찍해하면서 낳고 끔찍해하며 키웠잖아."

"그래, 그 세월이 끔찍했어. 평생 혹 하나 달고 사는 일이 어떤 건지 너는 몰라."

"엄만 날 없애고 싶었겠지. 난 아니야. 난 태이 흔적이, 아니 태이가 내 안에 살아 있다는 사실이 기뻐. 기쁘고 또 기뻐."

"너 정말 미쳤구나."

"응, 미쳤어."

차라리 주먹질을 하든지 드잡이를 하고 나뒹굴든지. 둘은 상대방의 급소에 송곳니를 박고는 폭력과 슬픔이 교차하는 눈빛을 짓는 두 마리 야생동물처럼 보인다. 이우 팔을 끌고 들어와 목욕탕에 밀어넣었다. 세수하고 나와. 나가보니 연수는 처마밑에 서서 바다 쪽을 쳐다보고 있었다. 그 얼굴은 너무도 창백해서, 세월과 회한이 눈 그늘에 새긴 기미가 고스란히 떠올라 있다.

"너도 참, 꼭 그렇게 속 후벼파는 소리를…… 저는 얼마나 힘들겠어."

"한 다리 건넌 사람은 몰라."

둘이 차례로 씻고 나니 저녁이 와 있었다. 나가서 밥을 먹자 하고는 정모가 신발을 신고 나섰다. 둘 다 싫단 말이 없다. 우산을 각자 하나씩 쓰고 뱃머리로 걸어나가 정미네 식당으로 갔다.
마침 우산도 없이 경중경중 달려오던 판도를 골목 끝에서 만나
데리고 갔다. 둘만 데리고 갔다간 밥 먹다 숟가락 집어던지며 다
시 시작할까 무서웠다. 한 주일 내내 흐린 날씨 때문인지 식당
엔 손님이 없었다. 하나뿐인 방으로 들어가 앉았다. 뭐 주까, 장
어탕이 좋은데. 정미씨가 선택의 여지 없이 못을 박는다. 아마도
장어탕을 한 솥 끓여놓은 모양이다. 그걸로 주세요, 하고 나니
참으로 조용하기 그지없다. 둘은 싸웠고, 하나는 말을 못하고.
다행히 정미씨가 밑반찬부터 미리 차려냈다. 연수는 톳을 넣어
무친 콩나물을 먹었고 이우는 제 앞에 놓인 감자조림만 먹었다.
속도 모르고 판도가 빈 그릇 두 개를 들고 나가더니 콩나물과 감
자조림을 수북이 담아 왔다. 가스버너 위에 올려놓은 장어탕이
끓기 시작했다. 듬뿍 썰어넣은 방아 향이 피어올랐다. 국물이 틉
틉하고 매콤했다. 살점을 듬뿍 떠서 이우 앞에 먼저 놓아주었다.
다시 안 볼 듯 싸운 사람들 같지 않게, 아니 진이 다 빠지도록 싸
웠음을 인증하듯 둘은 밥 한 그릇씩을 싹 다 비웠다. 뜨거운 국
물을 떠먹는 콧잔등에 땀이 송송 솟아 있었다. 지금쯤은 정모가
고자질한 속사정까지 알았겠지만 그건 또 지난 일처럼 제쳐두고
연신 장어 살을 건져 먹는 이우를, 연수는 한 번씩 노려보았다.
정미씨가 방안을 슬쩍 들여다보고 나가더니 서비스라며 낙지탕

탕을 한 접시 들여놓았다. 고물거리는 낙지 토막들이 다져진 채로 엉겨붙어 있는데 둘은 야무지게 똑똑 떼어내서 입에 넣었다.

성질하며. 둘이 어쩜 이리 똑 닮았는지.

*

바퀴가 네 개나 달린 여행 가방의 손잡이를 잡고 이마를 살짝 찌푸린 채 뱃머리에 선 그녀를 보았을 때는, 초행이라고 생각했다. 사각 가방은 섬으로 여행 오는 사람들의 짐과는 좀 달랐다. 어느 섬에 가는지는 몰라도 배에서 내리면 저걸 민박집까지 어떻게 끌고 가려고, 싶었다. 오전에 어판장에 들러 일을 보고 병원에서 이삐 할미 관절염약을 받아오는 길이었다. 겨울에 돈 몇 푼 만지는 재미에 시금치밭에 나가 일을 하고는 날이 풀리면 무릎이야 발가락이야 안 아픈 마디가 없다고 우는소리를 했다. 일당은 당신이 받고 약값은 판도가 마련해야 했다. 이제 그만하세요. 연골이 더 닳으면 수술해야 한대요. 손짓으로 애써 그렇게 말리면 먼바다를 바라보았다. 같이 내릴 줄은 몰랐는데 씩씩하게 가방을 끌고는 방파제를 걸어가는 뒷모습을 보면서 갸웃했었다. 처음 온 사람치곤 거침이 없었다. 거친 시멘트 제방 위에서 가방이 온갖 비명을 질러댔다. 정모 아저씨 차가 보였다. 아저씨가 달려와 가방을 받아들었다. 어쩐지 아저씨는 바로 뒤에 오는 판도를 보지 못했다. 아저씨가 트렁크에 가방을 싣는 동안 여자는 먼저 차에 타서는 앉아 있었다. 낄 자리가 아닌 것 같아 판도는 돌아서서 바다를 잠시 바라보고 서 있다 걸어왔다. 배로 들어와 옷을 갈아입고 할미 약을 들고 나선 길이었다. 싸운 사람들처럼 떨어져 걸어나오는 세 사람과 맞닥뜨렸는데 아저씨는 깜짝 반가워하며 같이 가자고 재촉을 했다. 아줌마가 밑반찬을 차리는 동안, 괜히 왔구나, 생각했다. 아저씨가 어색하게 밝은 목소리로 소개를 했다. 판도야, 이우 어머니시다. 완전 닮았지? 얘는 옆집에 살아. 판도. 아주 착해. 여자는 슬그머니 웃으려다 말았다.

이우 엄마라곤 생각을 못했다. 이우가 쏟아낸 이야기 속에서 그녀는 백설 공주의 계모였다. 판도로선 그녀의 숨결까지 혐오할 준비가 되어 있었는데 어딘가 어긋한 부분이 있었다. 입을 꾹 닫고 있던 사람들이 장어탕이 끓어오르자 할 일은 그것밖에 없다는 듯 먹기 시작했다. 판도는 저까지 덤벼들기가 좀 그래서 제 앞에 놓인 오이무침을 먹고 있었다. 이우 엄마가 대접을 내밀었다. 판도야, 장어탕 먹어. 판도는 젓가락을 떨어뜨릴 뻔했다. 내미는 대접에 야채랑 살점이 골고루 담겨 있었고 먹으라 하는 그 목소리가 너무도 달콤했다. 이우 목소리보다 여렸으며 다정하기까지 했다. 그래서는 아닌데 한순간 이우에게 배신감을 느끼기조차 했다. 나이 먹은 여자가 그런 목소리를 내면 닭살이 돋을 것 같은데 그 목소리엔 어떤 신비로움이 있었다. 그게 무언지는 알 수 없었지만. 군살 한 점 없는 몸은 자칫하면 허공으로 떠오를 것 같아 판도는 밥을 먹으면서 몰래 훔쳐보았다. 이우에게 엄마는 무엇일까. 판도에게 엄마는, 구멍이었는데. 옆을 돌아보았을 때의 빈자리였는데. 구석구석 난로를 피워놓았는데도 집요하게 발목을 파고들던 냉기였는데.

저녁을 다 먹고 식당을 나와 동네 입구에서 헤어질 때까지 이우 엄마는 한 번도 웃지 않았다. 판도는 사실 호호 웃는 소리를 듣고 싶었다. 호호. 이우는 그렇게 흉내를 냈었지. 엄마는 그렇게 웃어. 물론, 실제로 호호 소리를 내며 웃는 사람은 없겠지. 근데 우리 엄마 웃음은 호호. 그건, 자기만 행복하면 되는 사람의 웃음이야. 무슨 일인지 이우는 퉁퉁 부어서는 저 혼자 핑하니 걸어가버렸다. 판도는 그 등을 물끄러미 바라보았다. 네가 끈끈이 주걱처럼 여기는 관계를 누군가는 거의 질투에 가까운 심정으로 바라본다는 걸 넌 죽어도 모를 테지.

*

차르락 차르락.

아주 가까운 데서 몽돌이 물에 쓸리는 소리가 들려온다.

방풍림 가운데로 난 길을 따라 천천히 걷던 연수가 걸음을 멈추고는 바다 쪽을 바라보았다.

"저 소린 여전하네. 여기로 칠게 잡으러 왔던 거 기억나?"

"물 빠진 갯벌을 따라 너무 깊이 들어갔었지."

"파도가 갑자기 몰려와서 게를 담은 봉지를 집어던지고는 죽자고 달려나왔잖아. 온통 물벼락을 뒤집어쓰고는."

"그랬지. 그땐 인생이 즐거움으로 가득한 여름 오후 같을 줄 알았지."

연수는 정모를 새삼스레 쳐다보았다.

"어찌해야 돼?"

"받아들여야지. 너도 잘살고 있잖아. 이우 말마따나."

"퍽이나 잘살았지. 여길 떠나서 북항 근처 남의 집 방 한 칸을 빌려서 엄마랑 둘이 어떻게 살았는지, 너는 몰라. 말하고 싶지도 않고. 통째로 잘라 꿀꺽 삼켜버리고 싶은 시간이 있어. 누구에게도 보이고 싶지 않은, 들키고 싶지 않은 시간들. 이제 다 끝난 줄 알았는데……"

"왜인지는 모르지만 신은 우리에게 기시감을 느끼게 할 때가 있어."

"이건 정말 다시 부르고 싶지 않은 노래야. 쟤가, 다른 이유가 없어. 나 미치는 꼴 보고 싶은 거야."

"애하곤 왜 이리된 거야."

"팔자 도망을 못하는 거지. 난 집을 가질 사람이 못 돼. 저 아이에게 묶이고 난 후에야 그걸 알았어."

집에 돌아오니 작은방은 불이 꺼져 있었다. 잘 리는 없고, 들어오지 말라는 시위. 제 핸드백을 뒤적거리던 연수가 물었다.

"안정제 같은 거 없어?"

"그런 거 없어. 소금 침대서 자. 두들겨맞은 사람처럼 잠에 빠질 거야."

연수가 코웃음을 쳤다.

"머리가 터질 것 같아. 첫 배 시간에 맞춰 깨워줘."

건넌방에 이불을 펴고 누웠다. 정모야말로 잠이 오지 않았다.

정작 아침 일곱시가 지나도 연수는 일어나질 못했다. 문을 두드릴까 하다 방문을 살짝 열고 들여다보았다. 숨소리조차 들리지 않고 미동이 없었다. 목까지 이불을 덮고 누운 모습을 한동안 내려다보았다. 깊은 잠에 빠진 사람은 왜 이렇게 연약해 보이는 걸까. 조용히 방문을 닫았다. 연수는 한 시간이나 더 지나서야 일어나서는 아침은 가다 먹겠다며 서둘렀다. 집을 나설 때까지 이우는 방에서 나오지 않았다. 뱃머리로 나가 배를 기다리고 서 있는데 다시 빗방울이 뿌리기 시작했다.

"차에서 우산 가져올게."

연수는 고개를 저었다.

"맞을 만해. 생각 안 나? 소나기 오면 바닷가로 나가서 막 달리면서 맞았잖아. 가끔, 그 생각이 나."

"지금이라고 못할 거 없지."

연수는 픽 웃더니 지척에 엎드린 섬들을 바라보며 중얼거렸다.

"쟤들은 여전히 똑같은 자리에 엎디어 있네?"

"그러게. 고만고만하게 늘 그 자리에 있는 섬들을 보면 이상하게 마음이 놓여."

"못 잘 줄 알았는데 푹 잤어. 꿈도 없이. 딱딱한데 편하더라. 소금이 나쁜 기운을 푹 절여서 빼준 것 같아. 언제, 소금 침대로 전시 한번 해볼까. 넓은 공간에 소금 침대만 다섯 개쯤 늘어놓는 거야. 부윰한 빛만을 비추어놓고. 관객들이 와서 그 위에 드러눕거나 책을 읽거나, 사랑을 속삭이거나…… 그러다 자도 되고."

"너가 여태 한 전시 중에 최고가 될 것 같다."

"그런가? 최악은 뭔데?"

"지금 그게 궁금해? 너는 강한데다 독하기까지 하다."

"쟤, 어떡해야 돼?"

결국 연수는 똑같은 말을 다섯번째 묻고 있다.

"똑 너야. 센 척하고 있는데 불안정해. 너도 당분간은 정신이 없을 것 같네. 전시 마무리할 때까진 여기가 나을 것 같다. 이 계절이면 민어들도 새끼를 낳으러 여기로 몰려오잖아. 터질 듯 부풀어오른 배를 안고. 도도록이 부른 뱃전댕이가 가려운 듯이 바닥에 배를 문지르는 소리에 물속이 시끄럽지."

가방을 배에 실어주고 내려왔다. 배가 천천히 회전하는 걸 뒤로하고 돌아왔다. 그새 이우는 보이지 않았다. 자전거가 없는 걸 보니 창고에 나간 모양이다. 언제 꺼내놓았는지, 이우의 여름 옷가지 몇이 식탁 의자에 놓여 있다. 애초에 데리고 갈 생각이 없었는지도.

*

"네 껍데기는 갔냐?"

이삐 할미가 밀가루 반죽을 치대며 물었다. 엄마가 쳐들어온 날, 자전거 타고 수협 창고를 막 지나치는데, 거북손이라도 따오는 길인지 밑이 축 처진 검은 비닐봉지를 들고 앞서 걷던 할미가 돌아보더니 그랬다.

저기 너 껍덕 온다.

껍덕이 뭐야?

껍덕이 껍덕이지.

이게 뭔 소리야 싶어 돌아보니, 큰길 쪽에 엄마가 보였다. 전쟁이었다. 전쟁을 치르고 엄마가 떠나니 차라리 속은 편했다. 듣기 싫다고, 그 말 쓰지 마라 했더니 이젠 껍데기란다.

"여자는 새끼를 낳으면 껍데기만 남는다."

"우리 엄만 아니야. 속이 꽉 차서 훨훨 날아다녀."

"그래도 없는 거보다는 낫지. 판도 봐라. 저것이 에미 가난이 들어서 남의 에미를 훔쳐올 듯이 쳐다보아."

"남의 에미? 누구?"

"몰랐냐? 네 에미."

"홍."

"이놈의 새끼들아. 날아다니는 것 같아도 속을 들여다보면 죽은 거미처럼 파삭한 거여. 너라고 별수 있가니?"

"판도가 요샌 할미를 키우는 거 같던데?"

"그래 보이지? 저것이 내 문어여. 참말. 데리고 온 첫날, 옆에 재웠는데 저도 심란한 모양이여. 잠이 들락 말락 하니 내 다리에

제 다리를 감는데 뼈 없는 놈 같아. 뼈가 연할 나이긴 했지만 참
징허게도 감아. 두 번, 세 번을 감아. 좀 편하게 자볼라고 포도시
풀어놓으면 어느새 또 감고 있어. 그러더니 머리통 커졌다고 저
기로 나갔지. 속에서 뭔 불이 솟구치는지 뼈가 굵어지면서 방에
서 잠을 못 자. 한겨울에도 홑이불을 걷어차고 자더니 기어이 글
로 나간 겨."

"서운했어?"

"서운튼 안 해. 거기가 제집이여. 문어 단지여."

그런가? 할미 얘기가 맞는 것 같기도 하다. 배에 놀러가보면
판도는 좀체 가만히 있질 못했다. 이우가 있는 내내 다리를 꺾어
목 뒤에 걸거나 벽에 붙어서 다리를 찢었다. 그게 편해? 물어보
면 물구나무를 섰다.

"문어 단지여, 허무한 꿈을 꾸네. 하늘엔 여름 달. 뭐, 그런 시
도 있어. 세상엔 문어 같은 사람들이 있나봐."

"듣기 싫다. 어떻게, 요만하면 되겠냐?"

"너무 두꺼워. 종이처럼 얇아야 돼."

아저씨는 시내 나가서 사다주랴? 했다. 구운 지 세 시간 지난
피자를 먹느니 해물파전을 먹겠어, 했더니 모차렐라 치즈를 사
들고 왔다. 이상하게 피자가, 그것도 안초비 넣은 짭짤한 게 죽
도록 먹고 싶었다. 그건 그냥 식욕과는 좀 달라서 훔쳐서라도 먹

고 싶은 집념 비슷한 것이었다. 이렇게 저렇게 하는 거야, 전혀 기대감 없이 심드렁하게 설명을 했는데 이삐 할미는 뭘 믿고 그러는지 큰소리를 쳤다. 그러니까 편평한 밀전병 위에 다진 새우랑 세발나물 한줌 올리고 멸치젓을 다문다문 찢어서 구워놓은 거 아니냐. 암 걱정 마라. 내가 어릴 때부터 손끝이 야물어 못하는 음식이 없었다. 할미는 반죽을 아주 얇게 밀어서 프라이팬에 놓고는 다져서 볶은 새우를 올렸다. 그 위에 눈이 또록또록한 멸치젓을 찢어서 올리는 걸 보고 질색을 했다.

"짜서 안 돼."

"그런 소리 하지 마라. 맹물 먹고 체해서 죽은 놈은 봐도 소금물 먹고 탈 난 놈은 내가 보질 못했다. 속이 더부룩할 때 소금 한줌 털어넣고 뜨신 물 한 사발 마셔봐라. 아조 쑥 내려가."

말은 그렇게 하면서도 할미는 멸치 몇 마리를 도로 덜어냈다. 거의 체념하고 있었는데, 프라이팬에 구운, 결코 피자라고 부를 수 없는 부침개는 놀랍게도 맛이 있었다. 굶은 사람처럼 먹는 이우를 보며 할미는 의기양양했다.

"내가 뭐랬냐. 파는 거보다 맛나지?"

할미는 한입 먹어보더니 심란한 얼굴이었다.

"비쩍 마른 전이나 먹어서 되겠냐. 이거부터 한 대접 먼저 마셔라."

손에 들려주는 건 보얗게 뼛물이 우러난 곰국이었다. 민어 건정을 폭 끓인 국물이 고깃국보다 뽀얗고 고소했다. 한 모금 마시니 눈이 살포시 감겼다.

"이 국물이, 사람을 허공에 둥실 떠오르게 하네!"

"남은 거 들고 가. 아침저녁으로 따끈하게 데워서 먹어. 해풍에 말린 민어에 도라지 몇 뿌리 넣고 폭 고으면 이런 약이 없어. 애 가진 여자한텐."

국그릇을 놓칠 뻔했다.

"아저씨가 말했어?"

"흥, 말은 무슨. 내가 그거 하나 모르겠냐."

"얘기했네. 남자들 입이 더 싸다니까."

할머니는 영 입에 안 맞는지 슬그머니 내려놓고는 담배를 한대 꺼내 물었다. 이우가 준 담배였다. 남은 피자 한쪽을 마저 집어들었다.

"입덧이 끝나도 이게 맛있게 느껴질지, 그건 모르겠어. 애가입맛이 이상한가봐."

"옛말에, 가시나가 아를 배도 할말이 있다더니."

성냥을 켜서 불을 붙여드렸더니 깊숙이 한 모금 빨고는 연기섞어 그랬다.

"속 끓일 거 없다. 지나고 보니 아픈 것도 낙이고 힘든 것도 낙이야."

앞뒤 없는 그 소리에 목이 컥 메었다.

피자를 문 채로 억억 울었다. 국이 반 넘어 남은 대접을 쥔 채로 엉엉 울었다. 할미, 나도 무서워. 무섭고 무서워서 나를 어디 두고 달아나고 싶어. 내일은, 생각하지 않으려고 해. 제대로 알아들을 수 없는 말에 할미는 고개를 끄덕이고 등을 쓸어주었다.

"울어. 더 울어. 우는 게 웃는 거여."

이빨 빠진 접시를 모아두었다 집어던지라며 내주는 아줌마처럼 할미가 등을 쳐주면 우는 일도 기운이 빠졌다.

"우리 화투 칠까?"

할미 눈이 반짝였다. 화투는 진짜 재미없다. 재미가 없지만 할미는 화투 동무 해주는 걸 제일 좋아했다. 세상에 공짜는 없지. 피자 한 판이면 화투 열 판. 수제비 한 그릇이면 다섯 판. 할미가 끓여준 수제비는 지금 생각해도 토할 것 같다. 보말을 넣어 끓인 수제비는 은근히 깊은 맛. 그러니까 개미가 있었는데 국물까지 맛나게 먹고 나니 그릇 바닥에 무언가 가라앉은 게 보였다. 휴지를 잘게 찢어서 돌돌 말아놓은 듯 하얗고 갸름했다. 뭐지? 생각하는 순간 그게 뭔가 깨달았다. 아아아악, 비명을 질렀더니 할미는 그릇을 슬쩍 넘겨다보았다. 야야, 암시랑토 않다. 여그 동네서 농사진 거라 그래. 거 뭐시냐. 약을 타면 여름

을 지나도 밀가루가 말짱해. 벌레도 못 먹는 걸 사람이 먹어서
야 쓰겠냐.

할미가 화투째 접혀 있던 담요를 펼치고는 패를 나누었다. 할
미는 민화투밖에 못했고 이우도 다른 건 할 줄 몰랐다.

"이쁘 할미, 진짜로 예뻤어?"

"예뻤지."

슬쩍 넘겨다보니 비광을 엄지손가락으로 꽉 누르고 있다. 갖
고 있던 화투패를 슬쩍 내려놓았다. 아이고, 네가 패가 잘 들어
왔는갑다. 얼굴이 활짝 펴진 할미가 딱 소리나게 비광을 내려치
자 칠면조 목살처럼 늘어진 팔 안쪽의 살이 바르르 떨린다.

"만져봐도 돼?"

이미 만지면서 물어보았다. 이렇게 보드랍고 말캉말캉하고 따
뜻한 건 정말 처음이다. 손가락으로 살살 만지고 있으면 판도가
왜 할미를 감고 또 감았는지 알 것 같다. 더 만지고 싶지만 기고
만장할까봐 손을 내리며 조그맣게 말했다.

"지금도 예뻐."

"그기사."

*

　"나 어릴 적엔, 관솔가지에 불을 붙여서 낙지를 잡았지. 갯벌에 불덩이가 굴러다니는 것 같았어."

　"아저씨도 어릴 적이 있었어? 어릴 때도 털이 많았어?"

　"이런 녀석."

　정모는 손전등을 이우 손에 들려주고는 격투기라도 치를 사람처럼 비장한 표정으로 장갑을 꼈다. 밤바다에서 물고기들이 불빛을 따라 모여들듯 낙지들은 불빛에 유혹된단다. 과연 그럴까? 가만 보니 갯벌에 깃든 것들이 죄다 눈치 구단이던데.

　떡하고 막걸리 정도만 준비하면 돼. 음식이 화려하면 책이 죽는다! 선언하고는, 오프닝은 간단히 하겠다더니 하루하루 날짜가 다가올수록 준비물이 늘어났다. 믹스커피와 종이컵, 온수 탱크를 시작으로 과자 박스와 일회용품까지, 1번 창고엔 벌써 빈자리가 없었다. 풍광이 좋은 뻘기 군락지 근처엔 차일도 쳐놓았다. 개관식을 9월에 한다더니 정모는 8월 말로 날짜를 앞당겼다. 말은 안 했지만 이우가 돌아가기 전에 문을 열려고 서두르는 것 같았다. 먼 것 같더니 사흘 후였다.

　이우도 덩달아 마음이 바빠졌다. 이럴 줄 알았으면 바리스타 자격증이나 따둘걸. 판도는 또 요 며칠 잡은 것들을 어판장에 내지 않고 절벽 옆 독살에 차곡차곡 모으고 있었다. 정모는 오늘도 저녁을 먹고 나서 갑자기 서둘렀다. 이우야, 낙지 잡으러 가자. 불빛 아래 드러난 갯벌은 망원경으로 보는 별의 표면 같다. 숭 숭 뚫린 구멍은 크기도 모양도 제각각이다. 낙지가 갯벌로 나와 우릴 기다리고 있을 리가 없지. 낙지가 없음 또 어때. 물 빠진 지 얼마 되지 않은 갯벌이 발을 지긋하게 잡아당겼다 놓아주는 느 낌이 이우는 좋았다.

"사람들이 많이 올까?"

"그럼, 내가 인맥이 좀 화려해. 세계적인 성악가도 오고, 피아 니스트도 오고. 하여튼 엄청나게 올 거야."

"오프닝 말고. 그다음. 아저씨가 이렇게 열심히 준비했는데 텅 비어 있으면 어떡하지?"

"뭐, 그런 날도 있겠지. 그래도 그런 생각이 들 때마다 네가 나한테 용기를 주었지."

"용기는 뭘."

"아니다. 널 처음 봤을 때, 네가 시를 읽으리라곤 꿈에서도 기 대하지 않았거든. 그랬던 너도 시를 읽게 되었잖아."

"아저씨!"

"막 한 마리 나오다 네 소리에 도로 들어가버렸다."

느릿느릿 걷던 정모가 구멍을 헤집어 낙지 한 마리를 끄집어냈다. 아주 작은 놈이다. 들통 뚜껑을 열며 이우는 궁시렁댔다. 이건 정당하지 않아. 속이는 거라구. 하지만 음모를 품은 듯 꿈틀거리는 기척에 이우는 맨손으로 갯벌을 헤집었다. 길고 가는 다리가 손등에 착 하니 감겼다. 그걸 떼어주며 정모가 물었다.

"어떤 사람이었어?"

콧등이 뜨거웠다. 정모는 연수가 다녀간 후에도 그 일에 대해선 아무것도 묻지 않았다.

"내 가슴속에 들어온 무지개. 빨강과 주황. 초록. 파랑."

정모는 이우의 머리카락을 쳐다보았다. 이우는 고개를 저었다.

"아니, 색깔이 아니라 빛. 투명하고 눈부시고 설레는."

"사랑했구나."

"사랑? ……사랑인 줄은 어떻게 알아?"

"글쎄. 어떻게 알까."

"한 번도 안 해봤어?"

"그럴 리야."

"아저씨, 사람은 죽으면 어디로 가는 걸까?"

파도 소리가 한소끔 지나갔다.

"죽는다는 건 영혼이 우주 저멀리로 날아가는 거라 생각했는데, 그게 아닌 것 같아. 데칼코마니처럼 여전히 곁에 있는 것 같아. 나란히. 엄마 말처럼, 내가 정말 미친 건가?"

고개를 숙였는데도 정모는 귀신같이 알아챘다. 턱에 모인 눈물방울을 손가락으로 찍어 맛을 보았다.

"칠!"

이우는 눈물이 그렁한 채로 히히 웃었다.

"고마워 아저씨. 판도는 삼이랬어."

"걔가 보기보다 짜. 근데 여전히 소금이 되긴 멀었다."

"근데 이 동네선 이렇게 간을 보는 게 인사야? 콧등에 뻘 묻혀가면서."

"괜찮은 인사법 아니냐?"

*

사이렌 소리보다 먼저 잠을 깨운 건 창을 휘젓고 지나가는 조명의 기척이었다. 무언가 펄럭이는 느낌이었다. 눈을 뜨자 파상의 사이렌 소리가 들려왔다. 마루로 나왔다. 티셔츠 자락을 끌어내리며 방에서 나오던 정모는 이우를 보고는 손을 저었다.

"더 자. 나가보고 올게. 별일 아닐 거야."

이우는 방에 들어가 셔츠를 걸치고 다시 나왔다. 바닷가의 새벽은 한여름에도 서늘하다. 소금기 머금은 바람이 무겁다. 밤새

비가 뿌린 모양이다. 모래는 젖어 있었고 안개가 두터웠다. 저만치 앞서 걷는 정모 옆으로 달려가 팔짱을 꼈다. 한 번 돌아볼 뿐, 무어라 하지는 않았다. 저만치 사람들이 보였다. 포구, 그러니까 이 동네 사람들이나 사용하는 간이 뱃머리였다. 연락선이 드나드는 반대편 포구와 달리 나무판으로 되어 있어 작은 낚싯배만 댈 수 있었다. 낮에 가보면 가운데 나무판이 떨어져나간 곳도 있고 못이 튀어나와 슬리퍼가 걸리기도 했다.

정모의 걸음이 조금씩 느려지는 것 같더니 사람들이 빙 둘러서 있는 데까지 가지 않고 멈추어 섰다. 이우를 돌아보았다. 난감한 표정이었다.

누가 설명해주지 않아도 자명한 광경들이 있다. 살아 있는 것들 사이에서 숨쉬지 않는 것이 더 강렬히 존재하는 순간을 이우는 알고 있다. 이토록 흐릿한 새벽빛 아래서조차 그렇구나. 낮게 깔린 안개는 사람들의 발을 먹고 사람들은 허공에 슬쩍 떠 있는 것처럼 보인다.

사람들과 바다 사이에 제복을 입은 남자가 서 있다. 용도가 불분명한 긴 막대를 들고 서 있는 남자는 이우 눈에도 어려 보인다. 막대보다는 그의 발치에 놓인 푸른 비닐이 눈을 끌었다. 조악한 푸른색은 무채색 대기 속에서 오히려 선명하다. 한 가지 색깔만 컬러로 잡아내는 렌즈로 촬영한 사진처럼. 그 비닐의 한쪽

끝으로 조악한 힌트처럼 발이 보인다. 발은 바깥으로 젖혀져 있다. 발목에라도 걸린 건지 갈색 해조류 한 가닥이 늘어져 있다. 발가락은 마네킹의 그것처럼 보인다. 움직임이 없어서가 아니라 한 조각의 생기도 남아 있지 않아서. 이 끔찍하도록 낯익은 낯섦. 무섭진 않다. 그날 이후로 이우에겐 체온이 사라진 몸에 대한 두려움이 사라져버렸다.

투, 투, 투…… 거친 엔진 소리가 가까이서 들렸다. 젖은 커튼처럼 안개가 흔들렸다. 모터보트는 파도와 몇 번 실랑이를 하다 짧은 방파제 안쪽에 와 붙었다. 흰 몸체에 쓰인 고딕체의 배 이름이 유난히 또렷하다. 배가 채 닿기도 전에 남자 둘이 풀쩍 뛰어내렸다. 제복이 그쪽으로 달려갔다. 남자들은 급하게 설명하는 제복의 말을 흘려듣는 것처럼 보였다. 큰 보폭으로 걸어오더니 손으로 비닐을 획 젖혔다. 키가 작고 피부가 팽팽한 남자였다.

아저씨는 얼른 손바닥으로 이우의 눈을 가렸다. 짧은 순간 젖혀진 비닐 아래의 광경이 또렷이 보였다. 걸친 것 하나 없는 알몸은 배가 부자연스럽도록 부풀어올랐다. 무릎 위쪽에서 허벅지까지 길고 뚜렷한 상처가 있었다. 막 헹구어놓은 정육처럼 청결해 보이는 상처에 투실하게 살이 오른 해삼 하나가 붙어 있었다. 푸릇한 회색 살갗 위에서 그것은 난폭한 생기의 덩어리처럼 눈을 끌었다. 급하게 가린 손바닥 안에서 그것들은 더 또렷해진 채로 떠다녔다. 아저씨는 이우의 어깨를 돌려세운 후에야 손을 내렸다.

"가자."

조금 떨어진 모래밭에 판도가 보였다. 둘러선 사람들이 아니라 해무 너머 검은 바다 쪽을 바라보고 있었다. 앞서가던 남자 하나가 모퉁이를 채 돌지도 않고 몸만 슬쩍 돌려서는 오줌을 쏟아낸다. 지린내가 훅 끼친다. 집에 들어올 때까지 둘 다 한마디도 하지 않았다. 좀더 자라, 하고는 방으로 들어가던 정모가 새삼스럽게 불렀다.

"이우야."

두터운 비닐 아래 누운 사람을 떨치지 못한 눈빛이다.

"있잖아. 사람의 뇌는 죽음의 순간 행복의 물질로 가득 채워진다네. 제 죽음을 감지하면 뇌가 베타 엔돌핀이나 세로토닌 같은 쾌락 전달 물질을 엄청나게 내보낸대. 자신에게 주는 마지막 선물 같은 거지. 그 순간만은…… 말할 수 없이 기분이 좋아진다네. 그건, 죽음의 원인과는 상관없이 나타나는 현상이래."

끔찍한 것을 보게 했다는 자책 때문일까. 정모는 무언가 더 말하려다 말고 방으로 들어갔다. 이우는 그 자리에 서서 그 말을 천천히 반복해보았다. ……죽음의 순간 행복의 물질로 가득 채워진다네. 행복의 물질로 가득…… 눈을 크게 뜨자 차오른 눈물이 콧구멍 안으로 스며들어 촉촉해졌다.

그랬다면, 다행이다.

옷을 입은 채로 드러누워 홑이불을 머리 위로 끌어올렸다. 좀 전의 일이 뒤숭숭한 꿈의 끝자락이었던 듯 멀어진다. 바람이 달 캉달캉 창을 흔드는 소리 아래로 파도 소리가 낮게 깔린다. 바닷가에 누워 있던 그 사람은 이제 다시 들을 수 없는 소리가.

                                    *

물위로 떠오른 것은 익사체만은 아니었다. 제 속의 부패를 부력 삼아 떠오른 그것은 제 발목에 휘감겨 있던 미역 줄기처럼 자신의 과거까지 수면 위로 끌어올렸다.

정모에겐 그게 영도였다는 사실보다 자신이 알아보지 못한 게 더 놀랍게 느껴졌다. 그 새벽 바닷가에서 누구도 그를 알아보지 못한 건 일조량이 부족해서는 아니었다. 터질 듯이 부풀어 있기도 했지만 그 장소는 그가 누워 있기엔 가장 부적절한 곳이기도 했다. 하지만 그를 잘 아는 사람들조차 하나같이 알아보지 못한 건, 그의 눈이 감겨 있었기 때문일 것이다. 마주보는 사람을 제압할 듯 노려보되, 결코 시선을 맞추지 않는 눈. 마치 제 손으로 숨통을 끊어야 할 소의 눈을 굳이 쳐다보지 않는 백정의 그것처럼. 마주보는 사람에게 두려움과 불길함과 의기소침함을 일으키는 동시에 돌아선 후에도 한동안 젖은 거미줄처럼 들러붙는 노란 눈빛. 그 눈빛은 누구에게도 예외는 아니었다.

영도는 유일하게 자신과만 불화하지 않았다. 그는 원래부터 의심이 많은 사람이었다. 때론 자신조차 믿지 않았다. 부를 쌓기 위해 타고난 교활함을 십분 활용했으며 이기는 데 집요했다. 비대해진 부를 지키기 위해 타고난 사악함을 더 날카롭게 벼렸다. 타인의 고통에 대한 통각 신경이 없었고 자신의 폭력성과 죄에 대해 한 번도 자책해본 적이 없었다. 일정한 경계 안쪽의 사람들은, 그 차가움과 잔인함과 계산된 자선 사이에서 줄타기를 하는 법부터 배워야 했다.

영도 소유의 염전 근처에서 온갖 잡무를 다 하긴 해도 배서방은 원래 염부는 아니었다. 있는 말 없는 말을 여기저기 물어 나르지도 않고, 바닥에 떨어진 동전 한 알도 책상에 조심스레 올려놓는 배서방을 눈여겨본 영도는 아예 옆집으로 불러 앉혔다. 배움이 짧은 것, 단신인 자신보다 더 작다는 것도 영도의 마음에 들었다. M시로 영도가 나가기 전까지 그렇게 한집 식구처럼 살았다. 전화를 연결하고 소소한 심부름을 하고 남의 속사정을 알

아오게 하고 못 하나 박는 일까지, 운전대 잡는 일 외엔 온갖 시
중을 들었다. 비금댁은 자연스레 영도의 집 살림을 맡아 했다.
남편인 배서방보다 입이 더 무거워 그 집 속사정을 입 밖으로 내
는 법이 없었다. 초등학교 육학년부터 M시로 유학을 간 태원은
사춘기 내내 무던히도 말썽을 부렸다. 패싸움을 해서 경찰서에
가 있으면 돈과 연줄로 빼내오곤 하는 일에 영도는 넌더리를 내
고 있었다. 어린 시절을 함께 보낸 정모가 아는 태원은 폭력적인
성격은 아니었다. 생모의 빈자리에 들어온 젊은 여자들에 대한
반항처럼 보였다. 그땐, 그냥 달아나고 싶었던 거지. 깽판을 치
고 싶기도 했고. 집구석 돌아가는 꼴도 보기 싫고. 언젠가 지나
가듯 말한 것처럼. 그 시절에 비하면 지금은 다른 사람이 된 듯
성격이 달라진 셈이다. 영도는 싸움질을 일삼던 중학생 때의 태
원이 차라리 낫다고 여겼다.

　대학입시 첫해에 태원은 실패했다. 정모가 서울에 있는 대학
에 합격한 걸 배서방은 물론 영도에게 얘기하진 않았다. 다만
어디 다른 데서 전해 들었을 것이다. 그날 저녁, 영도는 비금댁
이 차린 맑은 조개탕과 찐 민어 건정으로 저녁을 남김없이 먹었
다. 밥을 먹고 나서는 아무것도 보이지 않는 캄캄한 창 앞에 뒷
짐을 지고 오래 서 있었다. 비금댁은 그릇 소리가 안 나게 설거
지를 하고 있었다. 부엌과 식탁을 오가며 그림자처럼 시중을 들

던 배서방이 제 안사람에게 평소와 달리 손도 안 댄 숭늉 그릇을 건네며 들릴 듯 말 듯 속삭였다. 저렇게 화가 나신 건 여태 처음 보네. 그 말만으로도 비금댁은 너무 놀라 숭늉 그릇을 놓칠 뻔했다. 다음날 영도는 배서방을 통해 정모의 아버지에게 봉투를 건넸다. 정모의 등록금이었다. 형편으론 그걸 받지 않을 방도가 없었지만 불편하기 짝이 없는 일이었다. 왜, 그놈보다 못해. 무어가 부족해서. 대놓고 그런 소리를 하면 태원은 들어왔다가도 뛰쳐나가버리곤 했다. 이후로 정모를 바라보는 영도의 눈빛은 노랗고 끈끈해졌다. 점성의 눈빛으로 그렇게 자신을 둘러싼 세계를 저울질했지만 그것이 연약하고 부서지기 쉬운 것이란 사실은 읽어내지 못한 모양이다.

부검 결과는 익사였으나, 사고사인지 타살인지는 분명치 않았다. 후두부의 훼손은 암초에 부딪친 것일 수도 있고, 허벅지의 베인 흔적은 직접적인 살의의 실행으로 보긴 어려웠다. 자살은 아닐 것이다. 그는 자신의 삶을 객관적으로 평가할 수 있는 사람이 아니다. 자신을 저울에 달고 싶어하는 사람들을 너무 많이 만들어놓긴 했지만.

파란 비닐 속 인물의 정체가 드러나자 그를 자신의 왕국으로부터, 탐욕으로부터, 더러운 이름으로부터 놓여나게 해준 자에 대한 추측과 혐의가 난무했다. 최근의 배 사업 문제로 어판장에서 사람들 보는 앞에서 드잡이까지 했던 이는 물론이고 꽤 오래 전의 원한관계들이 들먹여졌다. 남의 종중 땅을, 못난 자손 하나를 꼬드겨 헐값으로 넘겨받은 일로 그 장손이 화병을 얻어 급사한 일이 떠올랐고 빌려준 돈의 스무 배가 넘는 담보를 먹어치운 후 상대방이 칼을 품고 다녔다는 이야기도 입술에 오르내렸다. 뱀 굴에서 뱀을 꺼낼 때는 반드시 다른 사람의 손을 빌려라, 라는 지론을 일상에서 충실하게 실천한 영도였지만, 앞에서 움직인 김변호사는 그림자에 불과하다는 걸 모르는 사람은 없었다. 실행하지 않았다 뿐, 수많은 살의로 짜인 독거미줄 속을 걸어다닌 게 그의 생이었던 것처럼 보였다.

모종의 유흥 주점에서 모임이 있을 때면 가끔 그러하듯 먼저 퇴근하라는 통보를 받았을 뿐 얼굴도 보지 못했다는 기사, 어판장 이층 사무실에서 오후에 헤어진 게 마지막이라는 김변호사, 재단 문제로 큰소리를 내며 여러 번 부닥쳤던 태원까지 참고인 조사를 받았다는 소문이 떠돌았다.

바닷물은 그 누군가의 흔적을 완벽하게 씻어놓았다. 냉동고에 누워 있는 자는 자신이 마지막으로 본 것을 증언하지 못했다. 정확한 사망 시점을 밝히기 어려워 누군가에게 혐의를 둔다 해도 알리바이를 맞추기 어려웠다. 결정적인 증거가 나오기 전엔 해결되기 어려운 죽음이었다.

사람들은 말이 새나갈 자리가 아닌 데선 그랬다.

그래도 그렇지. 죽이면 쓰나. 나쁜 놈이여.

어쩌겠어. 더 나쁜 놈이었지.

*

빗줄기는 우뭇가사리 국수처럼 가늘고 투명하다. 이삐 할미
가 체로 내려서 콩 물에 말아주었던. 부슬부슬. 맞아도 흔적조차
없는 비가 오후 내내 내리더니 그대로 저녁이 왔다. 여름 저녁은
길기도 하다. 흐리고 어둑한 채로 길다. 배를 타고 섬 사이로 나
서는 사이 다시 부슬부슬. 눈썹 끝이 무거웠다.

"페인트가 낫지 않을까? 더 선명하고 오래갈 텐데."

"아녀, 개발에 주석 편자라더니. 이게 주사라는 거다. 귀한 물
건이지. 이승을 떠난 사람 눈에는 이걸로 쓴 글씨만 보이는 법이
다."

"혹시, 이거 도장 찍을 때 쓰는 그거 아냐?"

"칠만원 안쪽짜리엔 이거 쓸 엄두도 못 냈어. 옛날에 쓰던 게
남아 있어 해주는 거지. 이런 진품은 요즈음엔 돈 주고도 못 구
한다."

주사로 그렸다는 부적을 건네주며 나직이 타박하는 할미의 한복 입은 옆태가 어딘가 예사롭지 않다. 흐릿한 저녁빛 속에서 붉은 선이 튀어나올 듯 도드라졌다. 정말 이런 거 하고 싶지 않은데. 목구멍까지 올라온 말을 꿀꺽 삼켰다. 할미는 보자기 속에 손을 넣어 무언가를 꺼냈다. 짚으로 엮은 사람 인형과 나무로 깎은 배였다. 할미가 부적을 들고는 성냥을 켜서 붙이라 했다. 종이 위의 붉은 선이 뒤엉킨 길처럼 보인다. 그것은 이우가 여태 걸어온 길 같기도 했고 제 앞에 새로 놓인 미로 같기도 했다.

"할미, 이 그림은 사람마다 달라져?"

"하믄. 그건 내가 그리는 게 아니야. 한 사람도 똑같이 나오는 법이 없어."

불이 자꾸 꺼져 할미가 손바닥으로 바람을 막아주었다. 한번 불이 붙자 종이는 대패로 민 듯 얄팍해진 재로 변했다. 할미는 재를 바수어 바다에 뿌렸다. 뿌리면서 할미는 당신이 알고 있는 모든 신적인 존재들을 불러댔다. 용왕님, 부처님, 천지신명님, 예수……

"할미, 하나만 불러. 남의 이름 들리면 오다가도 돌아가겠네."

"그분들은 너처럼 속이 좁지를 않다."

나무로 깎은 작은 배 위에 올려놓은 짚 인형 허리에도 불을 붙였다. 불이 붙은 그걸 뱃전 아래로 얌전히 내려놓고는 살며시 밀었다.

"급할 거 없응게, 싸득싸득 가시오. 돌아보들 말고, 구경 삼아 가씨오. 가다가 쉬고 싶은 데 있으면 쉬었다 가씨오."

할미는 보자기 속에서 찬합을 꺼내 이우 손에 들려주었다. 주먹 크기로 뭉친 찰밥이 가득 들어 있었다. 시키는 대로 하나씩 집어들어 힘껏 던졌다.

"괴기들아, 이 찰밥 먹고 이 길손 잘해줘라. 일찍 왔다 구박 말고 낯설다고 왕따시키지 말고 잘해줘라."

이뻐 할미는 비손을 하며 울고 있었다. 소리를 내지도 않고 울었다. 말 한 번 나눠보지 못한 사람 때문에 눈물을 흘렸다. 낡았다기보단 늙은 한복을 입고 울고 있는 할미는 당신의 힘든 삶을 우는 것처럼 보였다. 짚불이 사그라든 후에도 나무배는 물결에 흔들리며 떠 있었다. 이 생과 저 생 사이에서.

할미는 왜 자꾸만 채근했을까. 더 늦기 전에 보내줘라. 산 사람이 보내줘야 가는 벱이여. 천도제는 나 따를 사람이 없었다. 할미, 난 그런 거 안 믿어, 막 그 말을 하려는 순간 마주친 할미의 눈동자를 보니 그 말을 할 수가 없었다.

"할미, 나 돌아가면 보고 싶을 거 같아?"

"말이라고. 들어온 자리는 없어도 나간 자리는 있는 겨."

"겨우?"

"남의 마음에 자리 하나 만드는 게 쉬운 일인 줄 아냐."

할미는 이우더러 술 한 잔을 따르라 하고는 첫잔을 바다에 획 뿌렸다. 다시 한 잔을 청해 넘칠 듯 부은 술잔을 조심스레 입에 대고 달게 마셨다. 뱃전에 팔을 걸치고 앉아 있는 할미 등에서 김이 모락모락 올라왔다.

"보내야 더 좋은 사람이 오는 법이여."

배를 띄운 후로, 판도는 없는 사람처럼 한 번도 나오지 않았다. 돌아오는 길에 먼 하늘에 별 몇 개가 가까스로 돋아났다. 저 별빛은 지푸라기로 변한 누군가가 놓쳐버린 행복의 순간일 수도 있고 스쳐갔으나 잡지 못한 빛나는 순간이기도 하며 다시는 들을 수 없는 지상의 음악일 수도. 배는 천천히 미끄러져 포구 쪽으로 나아갔다. 어이어이. 할미는 이우보다 더 오래 울었다.

*

어떤 시간은, 그것이 제 인생에서 가장 아름다운 순간이 될 것임을 예견하게 한다. 어떤 하루는, 떠올리면 언제라도 눈물이 날 것이라는 걸 미리 알게 한다.

할머니들은 점심때부터 몰려들었다. 부디 세시 지나서 오시라고 방송까지 했건만. 강적들이셔. 이우가 구시렁대자 정모가 그랬다. 세시에 오길 바랐으면 다섯시라고 그랬어야지. 차일 아래 차려놓은 떡을 먹으며 당신들끼리 그냥 즐겁게 놀았으면 좋겠는데, 바쁘게 오가는 이우를 보며 한마디씩 참견을 했다. 오래 살다보니 별 머리를 다 보았다, 그것도 돈을 주고 한 거냐, 얼마를 주었냐…… 참 나, 내 머리가 당신들보다 결코 더 이상하지 않다고 생각하는데. 코스프레용 가발 같은 머리를 단체로 한 듯한 할머니들은 음식을 무섭게 먹어치웠다. 판도를 찾아갔다. 판도는 오늘 음식 감독이었다.

"판도야, 할머니들, 불개미 군단이야. 따로 좀 숨겨놔야겠어."

판도가 갯둑 아래 그늘에 줄지어 놓은 아이스박스를 가리켰다. 독살에 모아놓았던 홍어니 낙지 같은 걸 죄 털어온 모양이다. 구석에 따로 쳐놓은 작은 차일 아래엔 큰 솥이 세 개 걸렸다. 돼지를 한 마리 잡아서 살코기는 삶고 남은 뼈들을 어제부터 푹 고았다. 거기다 말린 파래를 넣은 국이 설설 끓고 있었다. 외계의 맛일 거라는 예상과 달리 뽀윰하면서도 파래 향이 향긋한 게 진짜 개미가 있었다. 독옷을 긁어서 쑨 묵도 큰 함지에 수북했다. 음식이 모자라진 않을 것 같은데 신경이 쓰였다. 너, 술 마시면 안 돼. 아저씨는 몇 번이나 엄포를 놓고도 수시로 도끼눈을 떴다.

세시 배가 도착하자 손님들이 한꺼번에 모여들었다. 행사는 따로 시간이나 순서를 정해놓지 않았다. 차일 아래서 허기를 채운 손님들은 자유롭게 시간을 보냈다. 걸어서 바닷가 쪽 마지막 도서관까지 갔다 오기도 했고, 소금 창고에서 책을 읽는 사람도 있었다. 어린이용 도서가 있는 7번 창고엔 못 보던 아이들이 잔뜩 와 있었다. 섬에 작은 분교가 있긴 하지만 애들은 몇 명 안 되고 거기 다니는 애들 얼굴은 이우도 거의 알고 있다. 안내문 같은 걸 붙여놓지 않아도 계단식 의자에 엎드리거나 드러누워서 책을 읽고 있었다. 얘, 넌 어디서 왔어? 비금이요. 어떻게 왔어? 배 타고 왔죠. 아니, 어떻게 알고 왔어? 다 알아요. 자주 놀러와, 응? 자주는 못 오죠. 저희도 바빠요. 방학이면 몰라도. 몇 학년이야? 사학년이요. 귀찮게 하지 말라는 표정이 역력해서 귀를 당겨주고는 나와버렸다.

지나가는 정모에게 물어보았다.

"신비한 네트워크야, 정말. 어떻게 왔을까?"

"응, 여기 사람들은 섬에서 섬으로 막 건너뛰고 그래."

온몸의 힘이 쑥 빠지게 하는 이 독특한 개그라니.

정모 이 자식, 야, 희한한 일을 벌여놨네! 웨이브가 자연스

196

러운 헤어스타일과 몸에 잘 맞는 연미복 차림에도 불구하고 소금 창고 안팎을 유심히 살피고 있는 아저씨는 어쩐지 권투선수처럼 보였다. 손이 두텁고 유난히 크기도 했지만 그보다는 인상이 그랬다. 아저씨는 소금 창고를 무척 마음에 들어했다. 아아아아…… 울림이 아주 좋아. 소리가 부드럽게 모아지네. 이 자식 창고에다 무슨 짓을 한 거야? 그러면서 아아아아, 아아아아 목을 풀었다. 똑똑 끊기도 하고 부드럽게, 혹은 드라마틱하게.

한 일주일 정모는 정신이 없었다. 몇 군데 방송과 신문에서 인터뷰를 하러 왔었고 행사 준비를 하느라 정작 창고 일은 돌아볼 시간이 없었다. 그래도 오후가 되면 이우는 집으로 꼭 돌려보냈다. 어디서 구했는지 그랜드 피아노까지 빌려다 놓았다. 피아니스트와 성악가에다 춤꾼까지 부른다기에 비용이 좀 들 텐데, 걱정을 했더니 그랬다. 내가 네트워크가 좀 좋아. 이우가 보는 데서 전화를 해선 스피커폰을 켜놓고 통화를 했다.

너 이런 날이 올 줄 몰랐지? 네가 보낸 책들 잘 있나 와봐야지. 우리가 숨바꼭질하고 놀던 그 창고야. 모처럼 온 김에 노래 부를 시간도 줄게. 출연팀이 워낙 화려해. 넌 세 곡 이상 부르면 안 된다.

공짜로 노래시킬 때마다 써먹는 그 멘트, 이제 식상하다. 언제야?

툴툴거렸지만 그 소리도 오페라의 한 구절처럼 들렸다. 세계적인 성악가라는데, 설마 올까 했는데, 아저씨는 진짜로 왔다. 처음 봤을 땐 친군데 참 다르다 싶었는데, 오 분도 지나지 않아 알게 되었다. 둘이 무척 닮았다. 아니다. 섬에서 나고 자란 사람들은 가만 보면 어딘가 닮은 구석이 꼭 있었다. 칠면초, 갯메꽃, 갯쑥, 세발나물…… 소금물 먹고 자라는 풀들이 다른 듯 닮은 것처럼. 얘는 어디 있냐? 바쁜 사람 불러놓고. 기다리시라 하고는 가설무대 쪽으로 달려갔다.

"친구 오셨어요."

"누구?"

"왜, 권투선수처럼 생긴."

아저씨가 팟 웃었다.

"너 이뻐 할미가 눈독들일 만하다. 권투선수 맞아. 걔가 여기 있을 때 친구들 코뼈 좀 부러뜨렸지. 권투선수 되겠다고 가출했거든. 세차장 알바에 짜장면 배달, 지하철 행상, 뭐 먹고살려고 고생도 엄청 하고 한동안 선수생활도 했지. 그랬는데 느닷없이 테너가 돼서 돌아왔지 뭐냐. 아니, 신문에 기사 난 걸 우연히 봤지. 이태리 가서 콩쿠르 당선하고 그곳 무대에도 선다고. 얼굴이 영 낯익다 싶어 이름을 봤더니 애야, 용갑이. 여기서 학교 다닐 때는 애들이 싫어했어. 국어시간에 달게 자고 있는데, 선생님이 애더러 책 읽으라고 시키면 옆에서 천둥이 치는 줄 알고 화들짝 일어났거든. 지하철 행상 하다가는 쫓겨나기도 했다는군. 사람들이 소음 신고 전화를 했대. 귀청 찢어진다고."

갯둑으로 펄쩍 뛰어오른 정모는 친구를 꽉 끌어안았다 놓으며 그랬다.

"얘가 너 권투선수처럼 생겼다는데?"

용갑이 아저씨가 와하하 웃자 꽤 먼 곳에 서 있는 사람들까지 모두 돌아보았다.

"이태리 가시기 전에 레슨은 누구한테 받으셨어요?"

아저씨는 다시 와하하 웃었다.

"레슨은 무슨. 파바로티 시디 하나 사서 닳도록 들으며 따라 부른 게 전부지. 인사해. 피아니스트 신소정 선생. 이분이 섬에 와서 반주할 분이 아닌데."

피아니스트가 손을 내저으며 웃었다.

"아니에요. 제가 섬이라 온 거예요. 여기 아니면 어디서 태양과 바람과 파도 소리 사이에서 연주를 해보겠어요."

앉아 있던 그녀가 일어나기 전엔 누가 의자에 소금 가마니 하나를 턱 올려놓은 줄 알았다. 큰 키에 살집이 많아 씨름선수 같았다. 피아니스트라면 무엇보다도 손가락이 좀 가늘고 긴 사람일 거라고 생각했는데. 정모와는 잘 아는 사인지 서로 반말이었다. 그녀가 이우를 돌아보았다. 리허설 한번 해봐야 하는데. 너, 악보 좀 넘겨줄 수 있지? 그럼요. 저도 체르니 삼십 번까진 나갔어요. 쯧, 거기서부터 시작인데. 넌 학교는 어디서 다니니? 곧 개학 아냐? 이우가 그냥 웃고 서 있자 장난스럽게 눈을 흘겼다.

"정모가, 나 버리고 갑자기 야반도주해서 어떤 여자랑 달아났나 했더니, 너구나."

"선생님도 여기서 태어나셨어요?"

"선생님은 무슨. 언니라고 불러. 선생님이라고 부르면 혼낼 거야. 난 아니야. 용갑이가 여기 사람이지. 딱 보면 모르겠니? 섬에서 나고 자란 남자들은 철이 안 들어. 평생 열 살이야. 나쁘진 않지."

시원시원한 목소리로 수다를 떠는 한편 가방에서 프린트된 악보를 주섬주섬 꺼냈다.

"용갑이가 글쎄 연주해달라면 안 올까봐, 급하게 갈 데가 있다고 뻥을 친 거야. 참 나. 거의 다 와서야 얘길 하더라고. 피시방 찾느라 늦었어. 거기서 출력해 온 거야. 내가 전에도 한 번 속았는데. 내가 너무 순진한가봐. 아하하."

그러고는 입을 딱 닫더니 허리를 반듯이 세우고는 건반을 누르기 시작했다. 이우와 농담을 하던 사람은 어딜 가고 다른 누가 와서 앉은 것 같았다. 통통한 손가락들이 건반 위에서 부들처럼 나부꼈다. 마이크를 쓸까요? 아냐, 괜찮을 것 같아. 할머니들만 잠시 조용히 해주시면. 페이지를 넘기려는데, 세찬 바람이 훅 지나갔다. 잡을 사이도 없이 악보들이 하늘로 일제히 날아올랐다. 짜증을 낼 줄 알았는데, 입을 크게 벌리고 웃었다. 그럴 줄 알았다는 듯. 아하하. 그냥 내가 외워서 할게. 연주할 때 제발 할머니들 죄다 일어나서 관광버스 춤은 추지 말아야 되는데. 약 올리듯 주춤주춤 달아나던 악보 한 장이 막 집으려는 순간 휑하니 날아갔다.

이우는 틈틈이 하늘을 쳐다보았다. 투명하도록 푸른 하늘에 뜬 하얀 구름 덩어리가 오려붙인 것 같다. 아직은 별 기미가 없다. 그게 더 무섭다고 판도가 그러긴 했지만. 태풍 예보가 있었다. 오늘 늦은 밤부터 영향권에 들 것이고 육지에 상륙하진 않을 것이라 했다. 그래도 바람이 닥쳐오기 전엔 모르는 것. 8월 들어 작은 태풍이 두 개 지나갔었다. 큰 피해는 없었지만 바람이 지나는 동안은 정말 무서웠다. 아파트 베란다에서 지켜보는 태풍과는 격이 달랐다. 바다가 하얗게 이빨을 드러낸 거대한 한 마리 짐승 같았다. 해안 가까이 달려온 파도는 해식애를 온통 집어삼켰다 토해내곤 했다. 두려우면서도 매혹적인 풍경이었다. 잠잠해진 후에 가보니 동굴 안은 구석구석 살수차로 씻은 것처럼 말끔해져 있었다. 이삐 할미는 그 정도는 아무것도 아니라고 했다.

일기예보를 듣고는 한 사흘 연기를 할까 생각도 했지만 그러기엔 상황을 조율하는 게 너무 복잡했다. 여태 연락한 사람들에게 취소 전화를 하고 다시 약속을 잡으니 차라리 하는 데까지 해보자 했다. 이우는 별 도움이 못 된다 생각했는데 정모는 매사에 이우 의견을 물었다. 심지어 청량음료는 콜라로 할까 환타로 할까, 뭐 그런 것까지. 아저씨, 나한테 너무 의존적인 거 아냐? 나가고 나면 어쩌려고. 살아보니 얼굴만 컸지 간은 아주 작아. 툴툴거려도 싫진 않았다.

오프닝은 원래 계획보다 한 달쯤 이른 셈이다. 그럴 필요 없다고 했는데도 정모는 어차피 네가 가면 부려먹을 사람이 없으니 가기 전에 마무리를 하겠다 했다. 차일을 치고, 무대를 꾸미고 전기를 끌어내서 조명을 설치하고 하는 일은 판도가 했다.

일손이 척척 맞는 아주머니들이 본격적으로 음식을 차려내기 시작했다. 칠게처럼 뿔뿔이 흩어져 있던 사람들이 모여들었다. 사람들은 어마어마하게 먹었다. 한 사흘 굶고 온 사람들 같았다. 국밥을 먹고 홍어무침을 먹고 식혜를 마시고 수박을 먹고는 다시 회를 수북이 담아 초고추장을 끼얹어서는 국수 먹듯 먹었다. 이우는 갯둑에 서서 먹는 사람들을 쳐다보았다. 먹지 않아도 배가 부르다는 말이 어떤 건지 알 것 같았다. 파래 끓는 냄새가 남실남실 밀려왔다.

첫 무대는 분교 아이들이 섰다.

우리들 마음에 빛이 있다면 여름엔 여름엔 파랄 거예요
산도 들도 나무도 파란 잎으로
파랗게 파랗게……

이우의 제자들이었다. 할머니들이 손뼉을 중구난방으로 치면
서 판소리 버전으로 따라 부르는 바람에 연습할 땐 곧잘 화음을
만들던 아이들이 중간에 음정을 잃긴 했지만 무사히 세 곡을 부
르고는 얼굴이 빨갛게 되어서 인사를 했다.

피아노 연주가 시작되자 할머니들은 뜻밖에 얌전히 앉아 감
상을 하기 시작했다. 쇼팽의 녹턴이었다. 먼 파도 소리가 피아노
선율 사이로 섬세하게 흘러들었다. 연주가 끝나고도 한동안 있
다 사람들은 박수를 쳤다. 끝인지 몰라서가 아니라 낯선 감동에
가슴이 저릿해서일 거라고 생각했다. 악보를 손가락으로 누르고
있느라 이우는 박수를 칠 수 없었지만 쇼팽의 선율이 이렇게 아
름다운 줄 처음 알았다.

용갑이 아저씨는 세 곡을 불렀으나 앵콜곡을 불러야 했다. 할
머니들은 처음 듣는 아리아와 가곡에 열광적인 반응을 보냈다.
뒷정리를 대충 마쳤는지 판도가 옆에 와서 섰다. 얘도 들을 수

있으면 좋을 텐데. 아저씨는 흠흠흠 목을 가다듬고는 반주 없이
노래를 했다.

……엄마가 섬 그늘에 굴 따러 가면
아기가 혼자 남아 집을 보다가

〈섬집 아기〉였다. 이우의 발가락 사이로 모래가 스르르 빠져
나갔다. 정신없이 뛰어다니느라 언제부터 맨발이었다. 햇빛에
달구어진 모래가 따끈했다. 발등 위로 물방울이 하나 똑 떨어
졌다. 제 서러움 같은 것은 아니었다. 그냥 따끈한 모래 위에 맨
발로 서서 듣는 그 노래가 너무도 아름다웠다. 팔 베고 스르
르…… 마지막 음의 여운이 흩어지는데 하늘 한쪽이 핑크빛으
로 물들었다. 고개를 슬쩍 돌려보니 옆에 선 판도의 턱에 물방울
이 매달려 있다. 얘가 듣지도 못하면서. 얼른 손가락으로 눈물방
울을 훔쳤다. 밍밍한 듯 짠맛이 남았다. 판도 손바닥을 펼치고는
적어주었다. 5. 눈물방울을 간당간당 매단 채 판도가 웃었다.
공식적인 순서가 끝난 자리에 광란의 댄스파티가 벌어졌다기
보다는 할머니들 춤판이 벌어졌다. 이뻬 할미는 용케 이우를 발
견해선 기어이 손때 묻은 절편 세 쪽을 꼭 쥐여주었다. 버릴까
하다 꼭꼭 씹어 먹었다. 첫번째 창고에 공연팀이 모여 있길래 홍

어무침과 막걸리를 따로 챙겨서 차려놓았다. 갯벌에선 여전히 떠들썩한 음악 소리가 들려왔다. 할머니들 진짜 신나게 노시네. 피아니스트 언니는 막걸리 잔을 싹 비우고는 꿈틀 흔들리는 것처럼 육중한 몸을 일으키더니 소금 싣고 가는 경운기처럼 앞으로 팔을 뻗고는 춤을 추었다. 녹턴을 연주하던 그 언니 맞아?

창고에서 가끔 마주치는 아주머니 한 분이 해삼이랑 전복찜을 챙겨 들어와 차려놓고서는 구석자리에 얌전하게 앉았다. 사람들이 유쾌하게 웃고 떠들어도 혼자 새침한 표정이었다. 사람들을 안 보는 것처럼 쳐다보다가 조용히 나가버렸다. 정모가 목소리를 낮추어 친구들에게 물었다. 저 아줌마 어때? 누군데? 나 좋다고 목매는 여자. 배가 세 척인데…… 저 여자가? 아니, 남편이. 누구 남편? 유부녀야? 그러니까, 이혼하겠다네. 배 세 척 가진 남편하고? 하겠네! 잤어? 용갑이 아저씨가 물었다. 아니, 자진 않았고, 가슴은 만져봤지. 이우가 풋, 웃자 정모가 입을 딱 벌렸다. 너 여기 왜 들어와 있니. 쪼끄만 게. 그래서, 만져보니까 어때? 그게, 가슴을 만졌는데 싫은 기색도 없이 가만히 있으니까 뭘 더 어째보기가…… 난 참 이상해. 쉬운 여자는 어쩐지 싫증이 나. 나도 좀 이상해. 어깨 좁은 여자가 싫어. 그건 진짜 이상하네. 덩치들은 커가지고 초등학생들처럼 장난을 치고 놀았다. 그러다 자고 갈 줄 알았는데 다들 너무 바쁘다며 일어섰다.

아저씨가 따로 배를 하나 대절했고 판도가 아저씨 차를 포구까지 운전했다. 쟤, 면허 있어? 이우가 속삭이자 정모도 속삭였다. 당연히 없지.

차가 모퉁이를 돌아가고 자욱한 먼지만 남았을 때 물어보았다.

"아저씨, 정말 배 세 척, 하고 사귀는 거야?"

"왜? 나한테 정말 잘해."

"난 반댈세. 왜 오버하고 그래. 더 불쌍해 보이는 거 몰라? 친구들이, 쟤 어떡하냐. 뭐 그런 뒷담화할까봐?"

정모는 와하하 웃으며 이우 머리카락을 마구 흩트렸다.

그렇게 먹어치웠는데도 여전히 음식이 많이 남았다. 봉지에 나누어 동네 어른들 손에 하나씩 들려 보냈다. 빌린 아이스박스는 수협 창고에 돌려주었다. 판도는 뱃머리까지 서른 번을 왔다갔다했다. 제일 큰 차일 두 개만 남고 정리가 되었다. 큰일을 치러낸 것처럼 후련했다. 저녁이 와 있었다. 하늘은 어두우면서도 한구석이 환했고 어떤 잿빛 구름들은 단거리 선수처럼 순식간에 하늘을 가로질렀다. 바람에 날린 머리카락이 뺨을 꽤 아프게 때렸다. 차일 펄럭이는 소리가 시끄러웠다. 판도가 차일을 가리켰다. 아저씨는 잠시 생각하더니 그랬다. 내일 누굴 좀 불러서 정리하자. 그만 들어가. 새벽부터 너무 고생했다. 나머지 뒷정리는 우리가 하고 들어갈게. 그제야 판도가 그랬다. 비가 올 것 같은데 아직 창고에 못 넣은 소금이 좀 남아 있어요. 마저 옮겨놓고 들어갈게요. 손짓보다는 표정이 심각했다. 혼자 할 수 있으려나. 아저씨는 달려가는 판도 뒷모습을 쳐다보았다.

둘이서 천천히 걸어가 맨 마지막 창고부터 들어갔다. 마지막 창고에는 만화만 꽂아두자는 이우 고집에 못 이긴 척 맡겨둔 곳이었다. 만화 아니면 누가 이 안쪽까지 걸어오겠어? 라는 이상한 논리에 설득당했다기보다는 아직은 창고를 다 채울 만큼 책이 없어 당분간은 그렇게 해보기로 한 것이다. 서가를 둘러본 정모는 여전히 트집이었다.

"이거 애들이 봐도 되는 만화야? 참 나. 이런 만화는 명백히 나쁜 책이야. 어떤 놈이 이렇게나 만화를 보냈어? 이건 무슨 만화가 서른 권이 넘는다? 자리도 좁은데. 봐, 여전히 계속이잖아. 언제 끝나?"

"그거야 뭐, 그 만화가 죽어야…… 아무리 그래도 사람이 죽길 바라면 안 되죠."

등을 밀어 바깥으로 나왔다. 눈에 보이지도 않는 바람이 꽤나 시끄러웠다. 소금 창고는 바람골을 따라 늘어서 있다.

"아저씨, 나도 가고 나면, 혼자서 어떻게 관리할 거야. 끝까지 걸어갔다 오는 것만도 만만찮은데."

"나도 생각이 있지. 태평 경영을 할 거야. 여긴 열고 닫는 시간이 따로 없어. 휴일도 물론 없고. 대출 카드도 없어. 그냥 여기 온 사람들은 제 마음에 드는 책을 골라서 적당한 자리에 앉아 읽거나 들고 나와 갯둑에 앉아 읽거나 베고 낮잠을 자거나 집으로 가져가서 볼 수도 있어. 맨 마지막으로 나오는 사람은 문을 꼭 닫아주세요, 팻말을 문손잡이에 걸어둘 참이야. 뭐, 그래도 열어 놓고 그냥 나오는 사람도 있겠지. 봐라. 별일 없잖니. 문들은 얌전히 닫혀 있고 책들은 제자리에 꽂혀 있고."

"아저씨, 요즘은 얼마큼 보여?"

"……보름달."

"내가 보기엔 머그잔 정돈 거 같은데? 아까도 모서리에 된통 부딪쳤잖아."

"보름달이 멀리서 보면 머그잔만하지."

"아저씨, 내가 올게. 당장은 아니어도, 돌아와서 책을 읽어줄게."

"나는 뭐 아무나 책 읽어준다면 좋아라 할 줄 아니? 나도 취향이 있어. 지금 한번 낭독해봐."

"그래, 그럼. 요즘 내가 꽂힌 시집이야, 이게."

이우는 책을 뒤적여 페이지를 펼쳤다.

　여기서 함께 줄넘기를 하자 여기서

여기서 함께 주먹밥을 먹자
여기서 그대를 사랑하리

여기 있으면서 모든 먼 것을 꿈꾸자

굳은 절편을 삼킨 것처럼 목구멍이 뻐근했다. 정모가 과장되
게 툴툴거렸다.

"나쁘진 않은데, 좀 동시 같지 않니?"

"그건 아저씨가 아직 철이 안 들어서 그런 거지. 착한 치매가
살짝 온 옆집 할아버지가 쓴 시 같잖아. 그럼 이건 어때? 슬픔은
깎다 만 사과……"

"그건, 은유가 너무 멀어."

"아, 진짜 까탈스런 고객이네. 사실 나도 처음엔 좀 이상했는
데, 슬픔은 깎다 만 사과라고 우기다보면, 그걸 마저 깎아서 어
쨌든 먹어치워야 할 듯도 하고, 꼭꼭 씹다보면 단맛이 느껴질 것
같기도 하고. 사과의 맛이 조금씩 다르듯 슬픔도 다 다르잖아.
맑은 슬픔, 헛헛한 슬픔, 차가운 슬픔, 말간 슬픔."

"그런가?"

"아저씨, 세상에 시가 있다는 게 좋아. 나도 시인이나 될까?
시인들은 좀 이상한 사람들인가?"

"아무래도 좀 이상하지? 시는 타고난 재능이 있어야 쓰는 거야."

"좋아하는 게 재능이지. 아저씨한테만 하는 얘긴데, 사실 살면서 무언가에 이렇게 꽂혀본 건 처음이야."

"퍽도 오래 살았다."

바람 소리가 바깥에 있을 때보다 더 세차게 들린다. 틈 사이로 스며든 바람이 거친 목관악기처럼 울어댔다. 불협화음은 불안한 대로 아름다웠다.

"괜찮을까, 아저씨? 바람이 창고를 들어올려서 다른 데 옮겨놓을 것 같아."

"다시 데리고 오면 되지. 난 어릴 때부터 폭풍우 치는 풍경을 좋아했어. 섬사람들은 폭풍을 두려워하는데, 난 바람을 보러 바닷가로 나갔지."

누군가 거대한 입을 벌리고 검은 구름을 토해내는 것 같다. 그 틈 사이로 붉은빛이 날카롭게 빛났다. 어디선가 커다란 나뭇이파리가 휙휙 날아왔다. 창고 지붕들이 들썩거렸다. 갯벌의 풀들이 바닥을 쓸 듯 엎드렸다가 가볍게 일어나곤 했다. 바람의 머리카락이 보이는 것 같았다. 갯둑에 서 있는데 몸이 주춤주춤 뒤로 밀려났다. 입고 있는 옷이 파닥파닥 소리를 내며 나부꼈다. 바다가 하얗게 일어섰다.

내가, 마지막으로 담아두고 싶은 풍경이야.

가까운 곳에서 끼이이익 금속성의 비명이 들렸다.

"차일이 날아가고 있어요."

"나도 알아."

눈 바로 앞에서 커다란 폭발이 일어난 것처럼 빛이 번쩍 일었
다. 세계는 잠시 탈색되었다. 우주의 뿌리처럼 빛이 바다 위에
떠올랐다 사라졌다.

정미경, 서늘한 매혹

김병종(화가)

이 소설은 작가 정미경의 진정한, 그리고 유일한 유고작이다. 다른 원고들은 아내가 세상을 뜨기 전 출판사에 넘겨졌거나 가계약한 상태였지만 이 원고만은 내가 그녀의 방배동 집필실을 정리하다가 책더미 속 박스에서 발견한 것이기 때문이다. 오래전 출력해놓은 듯한 이 원고 뭉치는 하마터면 다른 폐지들과 함께 쓸려나가버릴 뻔했다.

그런데 이 원고 뭉치를 발견한 다음 나는 출판사에 넘겨야 될지를 놓고 며칠을 고민해야 했다. 정작가는 대단히 깔끔한 성격의 소유자이다. 원고를 출력한 채 책더미 속에 던져두었다면 그럴 만한 이유가 있었을 것이다. 원고가 마음에 안 들었달지 이차 수정을 하기 위해서였을 확률이 높았다. 그런데 그녀는 이미 세상을 떠나고 없었다. 이 미완의 원고를 그 상태 그대로 출판사에 넘겨준 걸 안다면 천국에서도 섭섭해할 거라는 생각 때문에 우물쭈물할 수밖에 없었다.

그러다 문득 이런 생각이 들었다. 세상에 완성이 어디 있으랴. 인생 자체가 미완이다. 그녀의 삶 또한 미완인 채로 끝나버리지 않았던가. 자판을 두들기다가 잠시 병원에 들렀던 그녀가 다시 돌아오지 못하리라고는 누구도 상상하지 못했던 것이다. 미완은 미완인 채로 의미가 있을 것이다.

정작가는 가끔 나의 이런 일방통행식 결정에 불만을 표시하곤 했다. 그녀의 깔끔한 완벽주의는 나의 '대충대충 철저히'식의 방식과 충돌하곤 했다. 그러다 결국 그녀는 내 방식을 따르거나 양보하곤 했다. 곁에 있었다면 이번에도 곱게 눈을 흘긴 채 따라주었을 것이라고 생각해본다.

어느 해 봄날에 그녀와 나는 멀리 신안 쪽으로 가기 위해 열차를 탔다. 지금은 그 일이 꿈결처럼 몽롱하다. 두 사람 다 신안은 처음이었다. 당시 신안군수였던 P의 초청을 받고서였다. 젊은 P군수는 열혈 청년처럼 문화 신안, 예술 신안, 관광 신안에 대한 열정으로 불타고 있었다. 중국과의 항로를 뚫어 신안에 면세점을 두고 제주를 능가하는 새로운 국제 휴양도시로 개척할 것이며, 그것도 단순한 휴양지가 아니라 고품격 문화와 예술이 함께

하는 도시로 만들겠다고 한껏 고무되어 있었다. 그는 세계적 항공촬영자를 불러 공중촬영을 시도하는가 하면, 신안을 배경으로 한 영화며 문학작품도 만들고 싶어했다. 그러다 뜻밖에 낙점된 것이, 소설가 정미경이었다. 뜻밖이라 함은 정작가가 대중적으로 널리 알려져 있거나 쉽게 접근되는 작품을 쓰는 사람이 아니라고 생각했기 때문이다. 군수는 정작가에게 엘도라도라고 부르는 바닷가의 콘도형 아파트를 보여주고 여기 한철 머물며 신안을 배경으로 한 장편소설을 하나 써주면 좋겠다고 했다. 신중한 성격의 그녀는 가타부타 말이 없이 웃기만 할 뿐이었는데 군수는 이를 반쯤 승낙한 것으로 알았을 테다. 돌아오는 기차간에서 나는 한번 써보는 것이 어떻겠냐고 슬며시 그녀의 등을 떠밀었다. 더구나 쏠쏠찮은 원고료도 제의받은 터였다. 그런데 서울로 돌아온 그녀는 하루가 지나 아무래도 어려울 것 같다고 했다. 이런 식의 글쓰기는 싫다고 했다. 고개를 끄덕이긴 했지만 나는 곧 그녀를 설득하기 시작했다. 새로운 경험인데 재미있을 것 같지 않냐고, 한번 해보자고, 그 덕에 아름다운 그곳을 몇 번 더 여행해보자고. 내 성화에 못 이겨 그녀는 알았다며 이렇게 말했다. "이 '기패' 센 남자 때문에 내 몸이 삭아내려……" 내심 나는 쾌재를 불렀다. 내키지 않게 시작한다 할지라도 그녀가 쓰면 제대로 쓸 것이라는 기대 때문이었다. 몸이 삭아내린다는 말은 그냥 푸념이려니 했던 것이다. 그러나 이 소설을 쓸 무렵부터 그녀의 몸이 급격히 무너져내리기 시작했다는 것을 나는 나중에야 알았다. 그녀는 자기가 소화할 만큼의 일감만을 가지고 작업하는 스타일이었다. 천만금을 준다 해도 그 이상은 거부했다. 작가생활을 하는 동안 대학의 문예창작과에서 두 차례 교수 청빙이 들어왔을 때도 그랬다. 오 분도 생각하지 않고 정중히 거절했다. 자기 체력에 교수까지 할 수는 없다는 생각에서였다. 책임질 범위 안에서만 한다는 것이 그녀의 원칙이었다.

그녀의 몸을 삭아내리게 했던 그 소설, 내게서 그녀를 데려가버린 도화선이 되었던 그 미운 소설을 나는 다시 꺼내어 출판사에 드민다. 대체 이 행위는 무엇일까. 이렇게 해서라도 그녀의 문학적 삶의 한 축이나마 연장시키겠다는 집착으로밖에는 해석이 안 된다. 그럼에도 불구하고 나는 책더미 속에 던져져 있던 이 원고를 기꺼이 살려내려 한다. 그녀가 떠난 지 일 년이다. 그동안 내가 가장 목마르고 배고팠던 것은 물론 그녀의 체온과 나를 부르는 다정한 목소리와 바라보는 눈길이었다. 그러나 그 못지않게 다시는 그녀의 새로운 글을 읽을 수 없다는 안타까움도 컸다. 그래서 남겨진 그녀의 글 한 쪼가리라도 나는 소홀히 할 수가 없었다.

나는 평론가는 아니지만 작가 정미경의 글은 늘 아름다움과 고통 사이에 있다는 느낌을 받곤 했다. 삶이라는 것 자체가 아름답게 빛날수록 아픔과 고통도 함께 이어지기 때문이다. 그 신산한 삶의 풍경을 그녀는 차가움에 가까운 서늘한 문체로 그려내곤 했다. 정미경 소설의 그 서늘한 혹은 차가운 매력은 길들여지지 않은 독자들에게는 낯설고 어렵다. 화려한 문체와 현란한 속도감 때문에도 더 그렇다. 그러나 겪어보기 시작하면 빨려들어가게 되어 있다. 찬찬히 읽다보면 한 문장 한 문장 직조공처럼 만들어가는 과정을 경의와 찬탄의 눈으로 바라볼 수밖에 없다. 고치고 또 고치고, 다듬고 또 다듬고를 거듭하여 비로소 하나의 문장을 건져올리는 것이고, 장편이라 해도 이는 예외가 없다. 그런데 유독, 이 소설만은 좀 출렁거린다. 내키지 않게 시작한데다 건강이 무너져가는 시점에 쓴 글이어서일 것이다. 얼핏 남의 소설 같은 느낌이 들 정도이다.

다시 처음으로 돌아간다. 삶도 예술도 완성은 없다. 완성의 환상이 있을 뿐이다. 나는 이 소설의 가장 큰 매력은 오히려 직조공처럼 짜 올라가던 정미경 스타일을 벗어나버린 데 있다고 본다. 숨가쁘게 몰아가던 문장들이 한결 느슨해지면서 다시 손보고 다듬기 위해 던져놓았던 그 상태 그대로 민낯을 드러내 보이는 것이다. 어쩌면 그런 해체와 이완을 통해 정미경 문학의 새로운 이정표가 열릴 듯한 느낌마저 들 정도인 것이다. 그러나

결국 이 소설은 지상에 남겨진 그녀의 마지막 글이 되어버리고
만다.

경상남도의 한 조용한 바닷가 도시에서 자라 서울로 온 정미
경은 외로움을 많이 탔지만 그 외로움을 내면으로 끌어들여 삭
여내는 법을 알고 있었다. 그녀의 작품은 그렇게 외로움과 슬픔,
그리고 고통을 곰삭게 했다가 말간 그 앙금만을 건져올려 다시
화사한 빛깔로 펼쳐놓은 것들이 많다. 무엇보다 작가 정미경은
그 삶에서 곱고 아름다운 여자였다. 글은 차가웠지만 마음은 따
뜻했고 도무지 위악僞惡의 실 한 올을 발견할 수 없을 만큼 맑았
다. 그런 그녀가 스물한 살에 처음 만난 남자가 나였다. 때로는
육친의 오라버니처럼 때로는 연인처럼 때로는 멘토처럼 기대어
왔고, 내 허세와 억지에도 길들여질 만큼 터무니없이 나를 믿고
의지했다. 그러나 그런 그녀를 나는 제대로 알지 못했고 지켜내
지도 못했다. 아픔에 무심했으며 외로움도 지나쳐갔다. 그런 스
스로에 대한 자괴감으로 나는 몇 달간 두꺼운 커튼을 내리고 햇
빛을 보지 않은 채 음지식물처럼 지냈다. 방향 없는 원통함과 분
노와 죄의식, 그리고 부끄러움이 뒤범벅되어 헤어나오기 어려
웠다. 그러나 이제 일어선다. 그녀의 남겨진 글들을 세상에 드러
내고, 내 삶을 추스르기 위해 다시 붓을 잡는다. 그것이 그녀가
원하는 삶이라고 생각하기 때문이다. 그녀와 나는 문학의 인연

을 쌓아 삶의 집 한 채를 설계했다. 애초에 무너지는 것은 계획에 없었고말고다. 그러나 견고하리라고 믿었던 그 집은 무너졌고 홀로 남겨진 나는 전에 겪어보지 못했던 낯선 고통과 직면해야 했다. 그 고통을 마주할 때마다 위로받았던 한 편의 시가 있어 여기 옮겨 적는다.

갈수록, 일월日月이여,
내 마음 더 여리어져
가는 8월을 견딜 수 없네.
9월도 시월도
견딜 수 없네.
흘러가는 것들을
견딜 수 없네.
사람의 일들
변화와 아픔들을
견딜 수 없네.
있다가 없는 것
보이다 안 보이는 것
견딜 수 없네.
시간을 견딜 수 없네.

시간의 모든 흔적들
그림자들
견딜 수 없네.
모든 흔적은 상흔傷痕이니
흐르고 변하는 것들이여
아프고 아픈 것들이여.

　　　　　　　　　　　　　　　—정현종, 「견딜 수 없네」

　진실로 정미경의 멈춰버린 문학을 견딜 수 없다. 멈춰버린 내
삶의 시간을 견딜 수 없다. 사무치는 그리움을 견딜 수 없다. 아
프고 아파 견딜 수 없다.

문학동네 장편소설
당신의 아주 먼 섬
ⓒ 정미경 2018

1판 1쇄 2018년 1월 18일
1판 4쇄 2018년 8월 1일

지은이 정미경
펴낸이 염현숙
책임편집 이성근 | 편집 정은진 김내리 이상술
디자인 최정윤 유현아 | 마케팅 정민호 박보람 나해진 우상욱
홍보 김희숙 김상만 이천희
제작 강신은 김동욱 임현식 | 제작처 영신사

펴낸곳 (주)문학동네
출판등록 1993년 10월 22일 제406-2003-000045호
주소 10881 경기도 파주시 회동길 210
전자우편 editor@munhak.com | 대표전화 031) 955-8888 | 팩스 031) 955-8855
문의전화 031) 955-3576(마케팅) 031) 955-8864(편집)
문학동네카페 http://cafe.naver.com/mhdn | 트위터 @munhakdongne

ISBN 978-89-546-5005-2 03810

www.munhak.com